于德北文集

没有门窗的房间

于德北◎著

时代文艺出版社

图书在版编目（CIP）数据

没有门窗的房间 / 于德北著 . —长春：时代文艺出版社，2017.6（2021.5重印）

ISBN 978-7-5387-5430-8

Ⅰ . ①没… Ⅱ . ①于… Ⅲ . ①短篇小说－小说集－中国－当代 Ⅳ . ①I247.7

中国版本图书馆CIP数据核字（2017）第104061号

出 品 人　陈　琛
责任编辑　徐　薇
封面题字　景喜猷
装帧设计　陈　阳
排版制作　隋淑凤

没有门窗的房间

于德北　著

出版发行 / 时代文艺出版社

地址 / 长春市福祉大路5788号　龙腾国际大厦A座15层　邮编 / 130118
总编办 / 0431-81629751　发行部 / 0431-81629755
官方微博 / weibo.com / tlapress　天猫旗舰店 / sdwycbsgf.tmall.com
印刷 / 保定市铭泰达印刷有限公司
开本 / 660mm×940mm　1 / 16　字数 / 178千字　印张 / 17
版次 / 2017年6月第1版　印次 / 2021年5月第2次印刷　定价 / 49.80元

图书如有印装错误　请寄回印厂调换

自　序

说实话，我写小说，实在是因为太喜欢花草和虫子了，从它们的身上，我得到了许多的想象。那些想象不着边际，天马行空，每天都把我的脑子涨得满满的。我乐此不疲，痴痴迷迷，不知不觉地把它们早早地放置在故事里。它们是我的人物，也是我的框架，养就了我的天性，以及我对不笃定事物的积极的认同。

江西科学技术出版社2011年3月第二版、3月第一次印刷的《昆虫记》（全十卷）的总序的开端便说："1915年9月，九十一岁高龄的法布尔在家人的搀扶下，坐在轮椅上最后一次巡视了他毕生不移的荒石原，在这块矢车菊与昆虫钟爱的土地上，法布尔用三十年的时间，完成了十卷横跨科学与文学领域的史无前例的伟大经典——《昆虫记》。"

读了这段话，我眼角湿润。

我一直是把法布尔当成小说家来看待的，无论是最早读台湾版的十册的《昆虫记》，还是后来自己为孩子们改写的"精缩版"的《昆虫记》，每一次接触它，都让我有细微而真实的感动。

之于像卡尔维诺、卡夫卡以及日本一些作家如向田邦子等，他们的身上都有一些虫子的气息。芥川龙之介写《女性》，也是用虫子来做类比，可见我们从"旁门"可"顿悟"的途径也很多。

我读小说是从苏俄作家开始的，他们是阿·托尔斯泰、列夫·托尔斯泰、高尔基、普希金、奥斯托洛夫斯基、瓦西里耶夫、肖洛狄夫，等等，他们让我感觉小说非常难写，要有严谨的思维、精准的思路、宏大的框架、无误的语言、无懈的对话、细致的观察、全视的表现……真是可望而不可即。我记得我读《鱼王》，读《花狗涯》，读《白比姆黑耳朵》的感受，又痴迷又痛苦。这样的作品我是难以达至的，它们是光辉的顶点；我记得我读《癌病房》，读《伊凡·杰尼索维奇的一天》，读《日瓦戈医生》，它们是顶点上的明珠。我是多么战栗啊！

我要感谢的是契科夫、杰克·伦敦、莫泊桑、欧·亨利，他们让我学会了如何起步。我要感谢川端康成、三岛由纪夫、村上春树、井上靖，青山七惠、吉本芭娜娜等一批日本新、老作家，他们让我的心慢下来。我要感谢博尔赫斯、加缪、卡佛、莫迪亚纳、舒尔茨、海明威，他们让我熟识了变化……还需要感谢谁呢，我背后的那些美丽的名字，就像我前几天比较着阅读的再次阅读的门罗、拉什和奥康纳，这些照耀着北美洲大陆的巨星，他们无不是我梦想的制造者。

我从来不是一个人在努力，我的道路是由前辈们踩踏出来的，但我一定，一定要另辟蹊径。谁会在前边等着我，我又会在前边等着谁呢？

作　者
2017年1月23日晨

目　录

春　闲

其实，准备讲故事的时候，真的不知道故事应该是怎样的开始，我的心情，浮泛在春天的空气的海上，零散地接触着一些躁动不安的人和事，好像今年的春天，情绪败坏者非常之多，在街上遇到的每一个熟人都重复着一句非常劣质的对话："这几天，心里特烦。"

我也是。

这几天，心里特烦。

用讲故事的方式解脱心烦大概是办法中的最下下的办法，是愚人之举，但想一想自己，也实在是一个愚人，所以，在我最没心情的时候，讲几个并不新鲜的故事给朋友，只给朋友，因为，可以读这些故事的人也只有故事里的那几个朋友。

我这样想。

第一个故事是关于一对夫妻的，这对夫妻结婚已经六年了，今年是第七年，婚姻的危险期的最末一段。夫妻中男的姓纪，女的姓李。他们有一个四岁的女孩儿，叫纪住。

这个名好听。

"这些年，你跟他做朋友，我一直想警告你，你处不下他，你根本交不下他的心，他心里想什么谁也不知道，你不会知道，我也不知道，我们结婚七年了，我不知道。"

我坐在沙发上说："嫂子，你先把户口本放下。"

"不，我不放下。"

我心里想，那你就别放下。

纪根儿坐在我对面，面部表情轻松。

纪根儿就是男的。

纪根儿长得漂亮，形象潇洒。他写书，武侠类的，挺有钱。有钱的男人，一般和女人都有很大的瓜葛，何况是有钱而且漂亮的男人。

纪根儿在外面有女人。

这对别人好像根本算不上什么事儿，可对李纳，就是女的，事情可不那么简单。李纳为这事儿抱孩子跳过湖，从南湖的"干"字桥下去的，幸亏那天游泳的人特多，娘俩衣服还没湿透就给捞上来，或者说推上桥来。

纪根儿的女人叫动静，不知是真名还是外号。

纪根儿和动静一同上了一趟黄山，在什么石下照了一张相，纪根儿的手搭在动静的肩上，这个介乎于有事和没事之间的暧昧的动作首先引起了李纳的怀疑。

后来，纪根儿在他的小说《浪荡江湖》中把这事写了进去。小说中的大侠对女侠说，你看那山下的水，大侠的手搭在女侠肩上，大侠说，你看那小舟和柳岸，那系舟的缆绳，我多么想自由自在、无牵无挂地行走在江湖上呵。这时，小说中的魔侠，大侠的妻子说：看剑！

李纳倒没对纪根儿说看剑。

但她手里拿着一把刀，切菜的刀。

她问纪根儿："你哪只手搭在她肩上的？"

纪根儿说："没有。"

李纳说："物证在此。"

可她拿出的照片只有纪根儿一个人儿，半身的，而且，没有手。

李纳哭着说："你看他多狡猾，这么多年，你处不下他。"

纪根儿看了看我，说："你说可能吗？"

李纳说："你不了解他，你不了解他！"

他俩这一次吵架跟我有关，纪根儿想跟着浪头编一本给少女少男的抒情诗集，托我约了几个人的稿子，其中有几个是女孩儿。

自从纪根儿出过事之后，李纳对他防范森严，绝对地以自己最大的努力捍卫她的阵地。

用纪根儿的话说："我这辈子，跟女人绝了！"

可这一次不同。

有一个女孩儿叫郝戏，诗写得特甜，纪根儿读着，觉得好，从发行数考虑，要放头题。在挣钱的大方向一致的基础上，李纳也表示同意（这在其他方面绝对不行），因为稿子是我约的，纪根儿征求我的意见，我也说行，就是小传得重写一下，写得好玩一点儿。这是一个有建设性的意见，纪根儿认可了。后来，我就打电话给郝戏，约了另一个小传。

后来，李纳就问纪根儿："你对她这么热心干什么？"

纪根儿："我没别的意思。"

"你不可能没有别的意思。"

"我怎么能有别的意思呢？"

"你怎么就能没有别的意思呢？"

"那你就打电话问问和尚（我的外号）。"

"你事先都联络好了，他来了有什么用？"

后来，我也不知道，我来了有什么用。

我说："嫂子，你先把户口本放下。"

李纳说："我就不放。"

这类话真没劲儿，以不重复出现为好，简明扼要，说故事的主线。

在劝解当中有两段话起了作用。

第一段我忘了，反正，说完之后，李纳笑了。大家都知道，夫妻吵架，就怕有一方先笑了，笑了，问题就解决了，或者说基本解决了。

第二段我没忘，因为我说得特别深情。

"这个家，像一个小巢，你们一针一线，一草一棍，一砖一瓦地组建起它，是多么不容易，你们有什么权利拆散它，你们有什么权利生下纪住，而又不负责地使她缺爹少娘。"

我说的是大实话。

纪住大概听懂我这句话了，而且动了情，她以她儿童的特有的尖锐的哭声震荡屋宇，使纪根儿和李纳同时做出一个英明的决定："上饭馆。"

当然是请我。

我们打车到"听雨饭庄"去，路过南湖大桥时，李纳还指了一下游泳区，说："那一年，我就是从那儿跳下去的。"

我心里很悲哀。

第二个故事从饭店吃饭的尾声开始讲，我们坐在"听雨饭庄"靠窗的位子上，这是人人想坐的位子，吃着牛肉和大虾，这时，外面真的下起雨来，雨打在窗子上，哗哗啦啦的。李纳说："我们出去走走。"

纪根儿说："我同意。"

我不同意，所以，他们夫妻去后，饭店里只剩我一个人。

我很悲哀。

我想起第二个故事。

第二个故事是关于一对没能成为夫妻的朋友的，男的叫马舒，女的叫英德。

马舒三十岁了才谈恋爱，对象当然是英德。

马舒追英德。我猜想。

马舒跟我介绍说："这是英德。"

我觉得这个名给女孩儿加上，挺好玩。

"这是和尚。"

我不好意思地摸了摸我的光头。

英德说："您好。"

我们就算相识了。

马舒和英德的恋爱细节我不知道，想一想，也无外乎逛马路、上公园、拥抱、接吻什么的，和别人不会有什么不同。在饭店咱就说吃饭。

无巧不成书。

马舒和英德请我吃饭，也在"听雨饭庄"，而且坐的位子也几乎相同。当时，还有别的朋友在场，还有我太太，本来，没什么，马舒做东，在女朋友面前摆摆谱，谁都有心成全。大概因为那天马舒喝得多了，而我的谈锋又尖利了一点儿，所以，英德对我多了一点儿注意，加上以前未见面就凭作品留下的好感，英德有些忽略了马舒。这不能怪我。

英德让我在她的手心上写了一个电话。

后来，她曾用过一次这个号码，就一次。

我和她没关系。

但，马舒和英德吹了，就在那次吃饭后不久。

这么简单，不应该算一个故事。

但，有一天，马舒突然打了一个电话给我，说："和尚，咱们都心照不宣的，我也看出来了英德崇拜，不，是爱你，你知道，英德长得漂亮，可她已经不属于我了，也不属于你，但她希望得到你，你也能得到她，我出钱，你泡她，跟你说实话，我俩谈了大半年恋爱，我连毛都没摸上，撒谎是孙子，你泡她，多少钱都行。"

我恶心。

马舒家有买卖，有钱，有钱多个屁。

我打电话给英德。

英德说："我刚刚上班，不知怎么着，心里特烦。"

她也心烦！

我说："没什么事，我没什么事，就是想打一个电话给你，春天来了。"

真无聊。我。

讲第三个。

第一场春雨下来的时候，和我关系特好的小妹妹突然从单位打来一个电话。她说："没什么，特累，特累……"说完她就哭了，哭得连话都说不清。

我得有责任心，因为我是大哥。

这个小妹妹不是我家里的，是一个姓黄的人家里的，姓黄的人离开家了，留下她和她两个姐姐一个妈。

世上的事几乎都这么简单。

小妹妹十二岁当家理财，里外一人，大姐身体不好，二姐在外读书，家里的事，十几年了，好像都她一个人管。今年春天，两个姐姐先后出嫁了，而且都嫁到了外地，她一定很孤单。

我知道，什么叫孤单。

我在电话里说："中午能出来吗？"

"不能。"

"晚上呢？"

"能。"

"那你在单位门口等我，我去看你。"

我给郝戏打电话，她和小妹妹也是朋友。我约郝戏。

郝戏说："真的吗？"

我说："真的。"

郝戏说："那就去吧。"

我和郝戏骑车走在黄昏的路上，春天的风略略吹散我们抑郁的心情，我真想告诉郝戏，入了这个春天，我的神经衰弱又犯了，我心烦，真烦！

但我没说。

我们和小妹妹找了一家小饭馆，我的经济水平允许的，这几乎是我唯一能做的，除去吃饭，好像也没有什么更好的办法。我们要了两个菜，要了几瓶酒，素淡地平适着我们的忧烦。

我讲笑话。

拼命讲。

那天我讲的笑话好像特别多，多得我自己都装不下了，我讲出来，大家哈哈地笑了。笑比哭好，这是实话。

以前，在小妹妹家，我们也这样笑过，笑比哭好，这真是实话。

我们自己说："我们太放肆。"

笑过了也放肆。

小妹妹好像忘了她白天哭过，她说，"喝了果冠，特能吃饭。"

我不行，我得上厕所。

我说："老板，算账吧。"

郝戏说："来一次AA制吧，你也不宽裕。"

一人十三块三角三。

那天，望着小妹妹和郝戏的背影，我一脸的沉重苦难。我哭了，像个男人似的哭了，路灯在我的视线内一片模糊。

夜深了，我无法入睡。

我就想第四个故事。

很多年前，我在一家三流学校当老师，一个学生爱上了我。像琼瑶小说里的《窗外》。我害怕。她那年十四岁。过去的事没有什么意思，不讲了，因为我们的所谓恋爱，一个小时就结束了，我从学校把她送到家，我说："好好地当你的中学生吧，这机会人一辈子也只有一次。"

关于这事，我写了一个叫什么什么颜色的初中生的小说，发了，挺轰动，而我，却挺自卑。

拿学生的真情实意换钱花。

今年春天的某日中午，失去多年联系的学生突然闯进我的办公室，对我说："我长大了。"

"你是谁?"我迷茫地看着她。

"我长大了。"

我认出了她。

我当时就有感觉，我遭了灾了，同事们的眼光异样地投向我们，使我不自禁地站起身来。我们出了院门。她说："我变了，什么都变了，变坏了，变完了，但有一样没变，对你的深情。"

医院的门口有人放录音机，是几个大夫搞咨询吧，机子里却放着一首有关爱情的歌。

"我爱你。"

"……"

"我爱你。"

"……"

"我爱你。"

她就用这句话引导我走向南湖，我的膝盖有些抖动，不是那种有爱情的感觉。

"我结婚了。"我说。

"那没关系。"

"什么没关系。"

"你结婚和我没关系。"

在南湖门口，她等待我拿出六角钱买门票，我应该有绅士风度，但我身上没有六角钱，我望着那一片湖水，望见"丁"字桥、"干"字桥，心里忐忑难安。

我想起纪根儿和李纳的故事。

我想起李纳。她的单位就在附近。

我打电话给她。

我说："嫂子，快来救我，我遇上麻烦了。"

李纳一听就明白。

她能明白。

我和我的学生在南湖门口犹豫，我故做出一副不决的样子，她则像胜券稳操的老虎嬉笑地看着她手心里的小动物。这时，李纳赶到了，特别及时。因为，学生终于决定打开她的手提包了。

李纳怒目视我，伸手一个大嘴巴。

这个嘴巴打得我心花怒放。

我双手盖脸看着我的学生知趣儿地走了。

李纳说："她长得太像动静了，我……"

我说："你打得好，真好！"

春天的花儿落了，春天的叶儿发了，我想起朱自清先生的一句话，而我们的日子，为什么一去不返了呢。

郝戏说："如果一哭就有人请饭的话，那你今天请我吧，因为我……"

说着说着，她哭了。

哭了。

寓　言

　　眼镜终于第二次落到地上：镜片碎了。

　　修眼镜的大姐说："你上一次来，我就想劝你，把镜架也修修，可看你太忙。"

　　我说："瞎忙。"

　　大姐说："忙些什么？"

　　我说："写点儿诗什么的。"

　　大姐再看我的目光特崇拜。

　　我说："没什么，写诗没什么。"

　　我眼前浮现出我写给我太太的那些诗行：我们幸运我们前世的劫／我带给你艰辛和苦难／我们的屋漏雨／我们的贫穷都带满潮湿／我带给你／穿不上的新衣／我带给你／戴不上的银饰／但每次从街上走过／我们的目光都是向着飞鸟和蓝天……

大姐的眼睛里含满泪水。

她说："我们那口子从来没这么抱歉过。"

我盯着她手上的四个金戒指说："你们的日子不错。"

"可我没有爱情。"

这茬我不敢接。

我打电话给郝戏，让她马上出来，她是我朋友。

我说："今儿真是好戏连台。"

她说："不行，我今儿不行，我老板回来了，我活还没完呢。"

她自己泡在诗里，就像泡在新衣服里一样。

她也戴眼镜。

说起眼镜，就不能不说起我新结识的一个朋友，家在山东，自己闯荡天下，挣得一块不大的天空。他在某厅局外事处工作，长相特艰难。但他有学问。

那天，我，还有郝戏，还有杜泊舟，就是我那位朋友，一同到红旗街书店买书，他选了钱锺书先生的一套文集。他的深度近视镜如获至宝地在书面还散发着墨香的文字间上下照耀时，郝戏就悄悄对我说："真有学问。"

他说："好。好。"

郝戏惊奇地瞪大眼睛。

我就爱看郝戏瞪眼睛，一瞪起来笑眯眯的。

杜泊舟说："今年此一大套足矣！"

他是说读书。

我征求过郝戏的意见，让她急贫下中农之所急，想贫下中农之所想，把自己嫁给杜泊舟，但郝戏略略思索一下也没有立刻拒绝。这不足为奇。可奇的是当某次饭局上，我把此事当作遗憾透露给杜泊舟时，他站起身来，急了，"你这不是骂我吗，我怎么可以娶她！"

他的意思我明白。

我连忙把话岔开。

我说："前几天上狗市，看一只'京巴'要价三万五，还有一对什么细毛长皮狗，给一辆'奥迪'还不肯出手。"

杜泊舟低着头，酒红已上了眼皮。

我知道这个转折不太恰当。

我和杜泊舟走在南湖公园黑夜里的堤坝上，杨柳晓风什么的谈古论今。

杜泊舟说："你看我这个人，生在山东，长在山东，学在山东。学什么？武术！不信，你看，这是旋风脚，还有这，这是扫膛脚，还有，这是双飞燕……"

他的眼镜也掉在地上了！

杜泊舟的父亲过世早，他母亲带着他和两个弟弟一个妹妹生活，他家在老区，一说老区，大家就知道那日子有多难，杜泊舟伸出胳膊我看过，特没营养，他一生病，皮肤就是窝头色儿。他原名不叫杜泊舟，叫杜大壮，这里边也有点儿希望什么的，后来，上了大学了，一走过系里的大镜子前，他就不好意思，加上读书多了，打工的地方也换多了，他觉得自己对人生的态度挺禅的，挺禅的，这是他的口头语，他把名字改了，改成现在这个样子。毕业分配时，那个厅局单位来要人，一眼就在学校推荐的名单里选中了他，说是这名字老成。

外事处需要一个文字翻译，所以，他的长相可以被忽略。

按下杜泊舟不表，再说一个和这个故事无大关联的人物，叫鹤，是个女孩儿，也戴眼镜，不过一般人看不出来，因为，她戴的是隐形眼镜。

我、郝戏、杜泊舟，我们都不认识鹤，但我们知道鹤的事。

就算故事吧。

鹤在一家集体药店里当店员，她喜欢文学。偶然的一次机会，她认识了一个省内小有名气的青年作家，叫什么我忘了，鹤认识他比较曲折。

鹤的那家药店旁边有一家花店，花店里出售夜来香，两元钱一束，一束三枝，用玻璃纸包好，挺西化的一种礼物。花店老板咱不提，说花店里那个像花儿一样的小女孩儿，十七岁，比鹤小一岁，长得很媚气，大家都叫她小狐狸。她皮肤很白，眼睛很细。说明一点，小狐狸不戴眼镜，虽然她也近视。

鹤和狐狸是朋友。

青年作家到外地去体验生活，他对女孩子总这么说。他体验生活回来，从花店门前过，是坐车从花店门前过，他一眼就看见了小狐狸，那时，小狐狸和鹤正站在花店门口嗤嗤发笑，她们背后的大红塑料桶里插满了金黄色的夜来香。青年作家（为节省笔墨，下文简称青作）一眼看见了小狐狸，他的心底涌动起爱情的浪花，用他的话说：多么洁白的浪花啊，浪花。

他在下一站挤下车，整整衣冠向回来，走着回来，他口袋里只剩刚才坐车那两毛钱了。他走在人流里，心底不断翻起浪花，一层一层，连沙滩都淹没了，他终于漂到了花店前。这时，鹤已经回去卖药了，花店里只剩下狐狸一人。

青作深沉地打量花店，其实，是打量她。

"先生，买花吗？"

"多么好的花啊。"青作感叹道。

"买一束吧。"

"真想。"

他们认识了。

那一天他还说了些什么，我不知道，我们谁也不知道，好在小说可以编，可以发挥相当的想象，他们认识了，分手时，狐狸送给青作一枝花，是一枝，不是一束，狐狸说："我好像比你还有绅士风度。"说完，从口袋里拿出五角钱递给青作，又说："回家吧，羔羊！"

青作眯着眼睛叫道："咩咩咩。"

狐狸笑了，好像青作终于上了她的当。

青作终于上了她当！

在他们不温不热地交往了相当的一段日子之后，青作耐不住性子地对狐狸说："我好像爱上你了。"

狐狸笑了，和往常一样笑了，狐狸说："我好像，没有！"

青作泄了一口气。

狐狸说："鹤爱着你呢。"

青作点了点头。

事情发生在某日下午，青作借口要找一个抄稿的人，说自己身体近来不好，不好到渐不可支的地步，加之近来杂事太多，又不可能把答应好的稿子拖延下去，所以，他必需找一个帮助抄稿的人，当然，这个人最好是狐狸。

狐狸说："噢，我不行，我这一手字，狗爬的似的。"

青作说："那怎么办？"

后来，狐狸就领着鹤来到青作的面前，青作发现鹤的手里拿着三支圆珠笔。鹤特兴奋，一见面就窘着声音说："我在我爸他们厂的厂报上还看过你写的散文呢，太好了，太感人了，我……我……"

青作说："没什么，都是朋友，没办法。"

鹤就说："你看我的字行不行，不行我抓紧时间练。"

青作说："行，太行了。"

鹤激动得差点儿没落下泪来。

后来，青作逢人就说："有人给我抄稿，朋友介绍的，没办法，千字三元，要不怎么整。"

他一般都是说着说着就点燃一支烟，像鲁迅那样靠在椅子上。

郝戏比较喜欢听我讲这类故事。

她听了，就笑得前仰后合，说："这人怎么这么像你呀？"

我说："不是我，绝对不是我。"

"别说，这个故事还真有点儿寓言性，你们男人都这样吗？"

为这类玩笑我多少有点儿后悔。

我近来发现，人无聊的时候，非常非常希望有比较不错的朋友来帮助他发泄发泄，发泄的最佳方法无外乎吃饭，吃饭真是一件美妙的事情，如果对方是男的，散步无疑是劳神乏体的一个愚蠢过程，如果对方是女的，散步又会被外人看见，十分不安全，所以，吃饭，寻一个僻静一点儿地方，当然，不僻静也无所谓，越是危险的地方越保险，解释问题的借口也可以越大方越自然越理直气壮。

我就经常约郝戏吃饭。

郝戏说："今儿不轮到宰我吗，宰多少，你直说吧。"

这年头，真世纪末了，连宰人吃饭都和玩麻将牌一样要轮流坐庄。

"十元。"

郝戏又瞪眼睛了："如果遇上你这样的主，我真希望天天挨宰！"

我看自己手边好像放着一把薄薄的雪亮雪亮的片刀。

我也是。遇上杜泊舟，也希望天天挨宰！

杜泊舟突然大谈起恋爱来了，对方是一家小医院的医生，不是护士，是医生，比泊舟大三岁半，今年三十岁整，已经做了六年的儿科医生。

杜泊舟的女朋友叫马莲。

杜泊舟的单位来了几个外宾，是俄罗斯联邦中某省某市的某方面技术代表团，在我们市里住了七八天。口头上解决了几个技术难题，然后，匆匆地带着大包小裹回国去了。杜泊舟去哈尔滨送外宾。回来的路上，他发现金子一样发现了马莲。马莲那天穿了一身蓝衣服。

杜泊舟从哈尔滨回来，在火车上赶上一场突发事件，一个家住双城的农村妇女和她的孩子一起去某地探亲，车行在路上，孩子突然得了急病，在抢救过程中，杜泊舟目睹了马莲口对口地为一个并不十分干净，主要是也并不十分可爱的农村孩子做人工呼吸的感人场面，他心头涌过一股说不清道不明的苦辣酸甜。

杜泊舟说："你知道我当时什么感觉，那是圣母啊，头上顶着光环。"

他遇上了他的圣母。

马莲说："家庭是不能选择的，可生活的道路我们可以自己选择啊。"

你能猜到，杜泊舟蹲到地上，两个肩膀抵在耳朵上哭了，末了，他狠狠地抹了一把鼻涕，并把它再次抹在鞋帮上。他觉得，这么多年了，他还像个农村出来的孩子，他还能当一个农村出来的孩子。

杜泊舟和马莲的爱情以胆子再大点儿，步子再快点儿的速度迅猛地发展着，杜泊舟时常以电话的形式向我通报他的探险进程，终于有一天，杜泊舟神色慌张地跑到我那里，痛苦地告诉我，他摸了马莲的乳房。

他说："我学坏了是不是，君子……"

我忍不住好笑。

并且，他拿了一个小塑料袋给我，说，这是那天马莲塞给他的。

我奇怪，怎么儿科大夫也有这玩意儿。

也许，是杜泊舟有意想延长一下自己对神圣爱情堡垒的最后防线的总攻时间？总之，给我的感觉是，那天，他轻易地放过并不想被轻易放过的马莲！我挺尊敬他！

后来，杜泊舟又向我口述了一个马莲讲给他的笑话。

那天，阳光灿烂地照耀杜泊舟的单身宿舍，马莲就坐在泊舟对面的凳子上。他们开始时说笑一些别的，然后，马莲的脸突然红了，马莲说，"我给你讲个笑话。"

杜泊舟问："什么笑话？"

马莲就讲了。

两个人干那种事情，干着干着，那个男人的避孕套一下子滑了下去，这事挺危险的，他就用根筷子往出拨，由于紧张，那根筷子也滑了下去……

讲到这儿，马莲就大笑起来，笑得从凳子坐到了地上。

杜泊舟问："怎么了？"

马莲说："后来那个女的怀孕了。"

杜泊舟问："那又怎么了？"

马莲说："十个月后她去生孩子，从里边走出一个披着雨衣、拄着拐棍的小老头。"

杜泊舟愣一愣，也笑起来，他们的笑声把阳光也震动得笑起来。

我也笑起来。

郝戏也笑起来。

郝戏说："你真他妈的不是人！"

我怎么不是人了呢？

鹤说青作："你真他妈的不是人。"

青作说："我怎么不是人了呢？"

鹤属于那种傻兮兮的女孩儿，在家排行老三，微胖的脸上总挂着一丝老实厚道的微笑。她给青作抄稿，并讲好绝不要任何报酬。她喜欢干这个。她崇拜作家，或者说，她崇拜青作，觉得他可以使那些干干巴巴的文字附带灵气是件非常了不起、非常高尚的事。

她一边给青作抄稿，一边不由自主地念出声来："春天来了，非洲大草原的雨季开始了……"

鹤开始梦想一些她从前不敢梦想的人生。

鹤去给青作送抄好的稿子，她坐在青作的背后，黄昏的色彩使青作的背景有点儿神圣，他伏在书桌上，赶一篇要在市报获奖的小说。编辑是他的朋友，朋友说让他写一篇一千字的小说，参加他们举办的征文比赛，混点儿散碎银两花呗。

青作说："唉！没办法。"

他伸长双臂打了一个十分疲惫的哈欠。

他说："唉！没办法。"

鹤觉得他特闲散特洒脱，一点儿也不像一个出了名的人。

这是品性啊！鹤这么想。

鹤说："我好像，爱上你了。"

青作笑了，和往常一样笑了，他站起身，来到鹤的面前，把她的头揽在自己的怀里。鹤浑身一阵战栗。接下来的事比较平庸，青作抱起鹤，把她平放在床上，然后解衣宽带，像他叙述小说一样，比较简洁地进入了主题。鹤哭了。

鹤把自己的隐形眼镜取下来，放在药水盒里，她说："这样看你更真实！"

青作为鹤写了一篇散文，发表在一家综合刊物的副刊上，青作用那篇稿子的稿酬请鹤吃饭，并且再次把她挽留在黑暗之中。

鹤说："这样看你更真实！"

鹤对狐狸说："这样看你更真实！"

狐狸明白，她知道鹤这是怎么了。

她就想：鹤是个好人，好人难得有急的时候。

狐狸就静悄悄地闭上了眼睛。

以后的事情就不在我的叙述之列了，我让郝戏陪我去取打碎的眼镜，郝戏说："我给你讲一个笑话吧。"

我说："可以。"

郝戏就讲了。

郝戏说："有个眼睛近视的人走在街上，一位女士从他身边走过，女士说：'你看人怎么色迷迷的？'那个眼睛近视的人说……喂，你猜，他说什么？"

我说："我猜不着。"

"你猜嘛。"

我说："我猜不着。"

"他说，你有色吗？"

我觉得我笑不出来。

我一个人到眼镜店去，我的心一下子变得挺苍茫，我看街上来来往往的人流，脑子里不再有半点儿浮想。

那个修眼镜的大姐说："不错，你们不戴眼镜的时候是有点儿色迷迷的。"

这回，我开心地笑起来。

长庆街不良少年的日记片段

就在昨天晚上，快十点钟的时候，我接到了一个电话。一个男人在电话里问我："你是作家吗？"

我既尴尬，又羞涩。

我说："我是。"

"你认识林鹏举吗？脸上长疙瘩的那个。他说你会记得他。"

我点头，希望对方可以看到我的表情。

"他死了，前天被执行了针刑。"对方说。

我的心一紧。

"他说你是一个作家，所以，委托我交给你一点儿东西。"

"给我？"

"对，大概是日记之类。"

"噢，谢谢。"

于是，在更晚一点儿的时候，我和那个男人在我家附近的咖啡馆见面，他交给我一个薄薄的日记本，上边歪歪斜斜地写了许多字，有一些我可以辨认，有一些我根本无法辨识。但在昏暗的灯光里，我还是看清楚一张少年的脸——长满了青春痘——在暗处散发着干涩的青光。

林鹏举杀人了，杀了一个女人，现在他已经按着法律规范的道路，在坎坷的黄泉路上急急忙忙地追赶他的罪恶。

他是我的初中同学，曾制造了轰动长春的"少年离家出走案"，从那一天起，他变得臭名昭著，一夜之间一文不名，他离开了学校，孤独地在长庆街上昼夜不停地疾走，并时常发出与年龄不符的狂笑。

我也曾是"少年离家出走案"中的一分子，但是，在开往云南的火车启动的前一刻，我选择了退缩，所以，我被当作悬崖勒马的可教育好的进步少年的典型，不但免进工读学校，还被广播和报纸大大地表扬了一番。所有的这一切并未给我带来任何的荣耀，反而让我感到无比耻辱，在我的一再坚持之下，父亲把我的学籍转到了离家非常之远的一所郊区学校，在黑暗的早出晚归中，我获得了片刻的轻松和自由。

替林鹏举送信的人是一个热爱文学的年轻狱警，他替林鹏举送信的唯一原因就是——想知道凌乱的日记是如何变成小说的。

我笑了，内心掠过一丝的惶恐。

下面，就是林鹏举留给我的一些日记的片段。

1

　　他们又一次动作起来——我的父亲，一个铸造工人，双手粗大，性欲旺盛。在我家这间只有十几平方米的小屋里，时常充斥着他的喘息以及母亲的呻吟。我相信，这一切逃不过我哥和我姐的耳朵，我也终于在一瞬间明白了大姐为什么晚睡，二姐为什么早起。每当父亲酒后，他都会迫不及待地轰我们上床，如果谁把床板弄得吱呀作响，他就会扯破喉咙谩骂不止。母亲有时是兴奋的，有时是痛苦的，可无论是兴奋还是痛苦，母亲的呻吟都是压抑的——在父亲这架庞大的性交机器面前，她是一个被动的接纳者。

　　我学会了喝酒，总在临睡之前偷偷下地，打开父亲的酒瓶，猛地灌上几口。我需要意识模糊，需要安稳的睡眠，只有这样，我才能有效地避免他们性交时对我的干扰和影响。

　　我想，我的大脑一定是坏掉了。

　　那天，邻居那对新婚夫妻一同出门，他们打情骂俏的对话对我也形成了恶劣的暗示。那个女的说："你把自行车给我。"男的笑了，说："你的自行车？连你都是我的……"就是这么简单的对话，让我的头发迅速地燃烧起来，我仿佛看到他们的身体交叉叠起的样子，我脸上那些暗红的痘疤纷纷破裂，并冒出令人作呕的红红黄黄的脓汁。

　　我想离家出走，我想摆脱我所面临的一切。

三十年了，许多事情不好讲……

（以下的许多内容被勾掉了，勾得十分彻底）

2

南湖在长春的西南方向，距我家住的房子不远。可以说是这个城市最美丽的去处之一。尤其在20世纪70年代。有曲桥，有凉亭，有湖心岛，当然最重要的是有鱼。

它的北侧是大片大片的杂树林，夏天绿荫浓厚的时候，每一条小路都显得曲折而幽深；它的南侧是沼泽地，茂盛的水生植物一眼望不到边际。每个心存冒险欲望的少年都会站在它的边缘"望洋兴叹"，而每次叹息之后又无法彻底割舍那种早已掩藏在意识深处的妄念。

对于一个孩子来说，那水泽几乎是不可征服的。

——尽管它的神秘鼓动着少年们的想象的风帆。

还有。

就是它东边的游泳区。

虽然每年都有人在此溺水，但是，只要盛夏一到，这里总会聚集着这个城市里最密集的人群。

所有的故事都好像发生不久。

南湖是日伪时期日本人挖掘的一座人工湖，湖面不大，小巧典雅，景致宜人。传说，在湖的底部有两处泉眼，常年清水不断，所以，湖是死水，却能清澈见底。

由于维护不利，环湖的甬道已经斑驳不堪，可是，只要是当时被这些甬道封存了记忆的少年，都会沿着这条秘密的道路进入那些落满尘土或者已经被泥沙掩埋的故事的核心。

正因为存在这些故事，才保留了这座城市的完整的70年代。

当然，是20世纪的。

四十年的时间，这些故事还不至于腐烂。

张松具体投湖的地点应该是"干"字桥，因为据目击者说，他投湖之前跌了一个大大的跟头，他几乎是爬到冰窟窿的边上，然后，用一只已经残缺的手，砸开因寒冷而又结成的一层相对比较薄的冰面，侧着肩膀把自己投入冰凉的湖水当中。

没有水花，没有挣扎，甚至没有声响，张松终于完成了自己的夙愿。

认识张松的人都知道他一共死过三次。

第一次是在南湖。

一样也是冬天。

至于张松为什么一定要选择在冬天投湖，也许只有他自己心里知道。有人说这是宿命，但更多人认为张松心里清楚，冬天投湖获救的可能性最小，而死亡的可能性最大。

张松是个傻子。

一个傻子有这样的思维，说明他根本不傻。

张松寻死的根本原因是不想给家人增添负担。

张松第一次投湖被人给救了下来，但因为在冰水里待的时间太长了，双手双脚都冻掉了。家人以为这一回可以让他安安静静地躺在床上了，谁知，时隔一年，张松从自己家的窗台跌到楼下。

楼下有地沟，他整个人翻在了地沟里。

他还是没有死。

但最后一次他死了，而且死在了南湖，距他第一次死亡的地点不远。

目击者说："他是那么繁忙。"

不但是警察，就连我们也用吃惊的眼神看着他，我们不知道他所说的"繁忙"是指什么。

他说："他用拳头使劲儿地砸冰面。"

其实那不是拳头，而是张松没有手指的手。

那些手指被冬天的冰给割掉了。

在南湖北侧的树林里，联防队员抓到了形迹可疑的一男一女，他们衣衫凌乱，言语飘忽，举止怪异，神态慌张。关键在于，抓他们的时间是深夜，在整个城市都陷入安静的时候，唯有他们还在窃窃私语。

男的说："我是报社的。"

那个女的是他的学生。如果他不说自己是报社的，事态不会如此扩大，可是当他说出自己的单位的时候，所有的联防队员都在惊诧之余迅速展露出兴奋的表情。

随之整个城市都惊诧了。

惊诧之余，每个人的脸上都出现了那种莫名其妙的光芒。

男的是有妇之夫。

女的是未婚青年。

我至今不知道那个男人的姓名，虽然在这个城市里，所有人都根据自己的臆想对他进行张冠李戴。

但是，我不知道他的姓名。

这是一种天生的拒绝，我的思维在这一点上被阻断了。

（关于张松，我多少知道一些，他是20世纪70年代末80年代初，长春这座城市里一个著名的自杀者。有关他的故事，我在另外的文章里会有专门的叙述，在此权且略过。我不知道林鹏举的日记里为什么会提到张松，他和张松是什么关系，张松的死又和他有什么瓜葛。因为，这段文字后边的内容全都被水浸湿过，依稀可以看清楚的内容如下——）

这就是那一年九月的开始，秋天的脚步在这个城市的每一个角落里都可以听见，秋天的第一片落叶漂浮在学校主教学楼的雨檐儿上，它躲过所有人的视线，在雨檐儿上静静地躺了整整一个冬天……

……

在这个九月的某一天里，我学会了喝酒。我先是把父亲的酒壶偷偷地取出来给自己热一点儿白酒，然后把家里的剩菜放在大勺里狠狠地熬炖。我喜欢酱油的颜色，每次热菜的时候，我都往剩菜里倒很多酱油，酱油加热后的气味令我沉迷……

……我一个人坐在窗子前，一只脚悠闲地搭在床沿上。我把壶里的酒倒进白瓷酒盅里，然后一小口一小口地品呷。白酒热辣辣的，从喉头一直热到胃里，又从胃里返到脸上，我痴迷地望着窗外的行人，尽量忘却那些与自己无关的事情。

……

我第一次出手打人是在酒后。

我从家里出来，向体育馆的后门走去，那里有两个男孩子在踢足球，我向他们借球，却被他们拒绝了。那两个男孩儿嘲笑我说："借球？我看你的脑袋像个球！"接着，他们一同唱起童谣来，"你的脑袋像地球，有山有水有河流，有火车道，有火车头，还有一个臭茅楼！"

我站在那里愣怔了好半天。

这时，那对新婚夫妇从我身边走过，女的和男的在生气，一个劲儿地催促那个男的，"不用你送我，把我的自行车还我。"

男的说："什么还给你？"

女的说："车子。"

男的说："连你都是我的，何况车子了。"

女的想一想，娇媚地笑了。

我的内心一阵烦躁，弯腰从地上拾起一块石头，猛地向那对新婚夫妇的背影掷去。我冲进体育场，拉过两个男孩儿中的高的一个，狠狠地扇了他一个嘴巴，又踢了另一个男孩儿的屁股，接着，抢过两个男孩儿的足球，一脚射到体育场的围墙外边。

夕阳把体育场的墙头照得温暖而干净，我赤脚仰卧在墙上，心底荡起一股又一股的忧伤。

......

3

关于南关的记忆实在是多不胜数。

我有一个姓刘的女同学。家就住在南关的棚户区里。所谓的棚户区，简单地说就是平房，但凡住平房的人，都喜欢在房屋连接的各个地方搭上高低不等的小棚子，用于居住，或存放东西。久而久之，这些棚子又把道路挤压得越来越窄，最后，多数的道路都成了住家的地板。

我所说的那个女同学是搞体育的，很黑，很胖，力气很大，我们班的男生和她摔跤，没有一个人能够摔过她——男生一般都喜欢和她摔跤，因为她的胸特别大，摔跤的时候，几乎每一个男生都能占她的便宜。

姓刘的女生很爱笑，一笑就露出又白又整齐的牙齿。

我不和她摔跤。

虽然，她特别想和我摔跤。

有一年暑假，我去南关洗澡——那里有一个很大的国营浴池——在南关市场的边上。国营浴池是日本人留下来的，即使在20世纪70年代末80年代初，也应该算是豪华、气派的。

我去南关洗澡，意外地碰到了我的同学。

她好像一下子就出现在我的面前，歪着头站在阳光下，微笑着盯视我的眼睛。

"渴了吧？"她问我。

我点头。

刚刚洗过澡，身体内的水分被蒸发了许多，口渴是一定的。

"到我家喝水吧。"

我点头。

头一天刚刚下过雨，棚户区的道路十分泥泞。

我们深一脚浅一脚地来到她家，她用钥匙打开家门。家里没有人，四周显得寂静极了。她家的窗户很大，每块玻璃上都贴着"米"字花的纸条。

她把我领进她住的小棚子，指着小炕对我说："你坐。"

又把一个大缸子递给我，面颊上有一抹绯红。

我接过缸子，大口大口地喝水，几乎是一饮而尽，呛得眼泪都出来了。

那是一缸子糖水。

"甜吗？"她问。

"甜。"

不知为什么，我的嗓子变得很干。

"喜欢我吗？"她问。

"喜欢。"

其实喜不喜欢呢？我也不知道，只是当时她这么问了，便做了下意识的回答。

她一下子扑到我身上，把我扑倒在炕上。

她用力压我，压得我连气都透不过来。

"为什么不和我摔跤？"她问。

"不知道。"

"为什么不和我摔跤？"她问。

"不知道。"

最后，我们身上的汗把对方的衣服都弄湿了。

就在南关浴池的正对个，有一个公共厕所，那里边写满了乌七八糟的下流话。其中有一句我很长时间弄不明白它的意思，又不好意思问别人，就一个人琢磨它，最终还是莫名其妙。

这里也有乌鸦，横七竖八地站在厕所后边的树丫上，好像稀奇古怪的象形文字。

我想：乌鸦也许能明白吧？

禽类有时候是比人聪明的。

那句话是：喜欢小伙儿吗？晚上八点见。

受好奇心驱使，我很想晚上八点去那里看个究竟，可几次行动都被突如其来的情况打乱，久而久之，这种欲望变淡了，最后只剩下一点儿痕迹，如同洗过的笔，不经意地在宣纸上留下一滴水，留下的水渍若有若无，时间一长，早没有人再去关心它了。

喜欢小伙儿吗？晚上八点见！

这句话变得越来越幽默。

南关之所以叫南关，是因为它曾是长春这座城市的南大门，南关里边是市区，南关以外就是城郊了。想一想，那个时候，城市真小，一顿饭的工夫可以从城这边跑到那边。

日本有个作家叫村上春树，除了写作之外，喜欢跑步，每年都要跑一次马拉松全程。我想，如果让他生活在那个时候的长春城里，他一定会更有成就感，半天的时间，可以绕城两周，一天下来，可以踏遍城内的每一条大街，每一条小巷。

对了，长春没有巷子。

充其量有几条短短的胡同——或者叫小街更为恰当。

南关有桥，古老而朴素，桥同路宽，长有五十米。桥南是铺子，桥北是住家，住家的房子沿河而走，形成一道高低错落的风景。桥南铺子第一家是小汽修厂，第三家是日杂店，我对日杂店印象很深，原因在于我从日杂店里买过一把刀。曾有一段时间，莫名其妙地喜欢刀，总有舞刀砍杀的冲动，现在想来，每一个少年都拥有过如此不堪的日子，表面单纯，精神却已深度分裂。

顺利通过这段分裂，你会突然发现，自己成人了。

这又是一种痛苦的开始。

每逢雨季，伊通河水暴涨，河边蓦然多了许多打鱼的人，他们面色沉迷，行动怪异，每个人的脸上都镀有一层古铜色。

有时我想，这些人和那些鱼之间有着怎样古老而神秘的关系，他们如何通过时空的对接，在此时此地，以这样一种方式不期而遇？

像我和那些灵巧的田鼠一样。

我买了那把刀，便开始在伊通河的堤坝上追逐田鼠的踪迹，先发现一个洞口，然后在几米开外找另一个洞口，封死田鼠的退路之后，就从正面向田鼠发起疯狂的进攻。

那是血腥的杀戮！

即使现在回想起来，也免不了在深夜战栗。

那把刀跟随了我许多年，因为锋利，常常在有月亮的夜晚发出寒光。在我孤独、寂寞经常陷于无助的少年时光里，它无时无刻不给我一种安稳，给我慰藉，让我除了泪水以外，从它的刀锋上获得依赖和勇气。

记得买刀的时候，日杂店的女人正在喝酒，她面色赤红，满嘴酒气，眼睛里散发着游移不定的醉意。

看见我，她笑了，黄色的牙齿像一道年久失修的围墙。

"买刀。"我怯怯地说。

"买刀干什么？"她问。

"用。"

"你会用刀吗？"

我点点头。

她的脸上浮现出一缕怪笑，用手连做了两个劈刺的动作，接下来，她站起身，从货架上取下一把刀，伸出大拇指试了试刀刃，然后，将刀反递给我。

"拿去，拿去！"

她不耐烦地轰我走。

我迷迷糊糊走出日杂店很远，才发现买刀的钱还攥在手里，于是，反转身跑回店内，却发现那个女人袒胸露乳地斜倚在柜台上睡着了。

一只苍蝇落在她的脸上，一滴汗水正向苍蝇发动着不可告人的伏击。

我把钱放在柜台上，逃也似的回到太阳地里。

我买刀的根本原因是我想杀一个人。

那一天，我去电话亭打电话，拨了半天号码，也未拨通。说白了，我找的人不在，或者我找的人正和别人通话，那一天，我们擦肩而过，在各自的生活中沉入冰冷的时光的流水之中。

我找的那个人是谁呢？

在我的记忆里，已经很难再把他或她查找出来，他或她只作为记忆里的一丝微小的划痕于不经意间露出近乎平淡的印记，即使深度的抚摸，也难以真实体味疼痛尽头的那一缕忧伤。

他或她已经不重要了。

重要的是，另外一个人代替了他或她！

我找人未果，便匆匆地走出电话亭，沿着南关浴池前边的斜街往学校方向赶去。就在这时，电话亭里冲出两个女人和一个男人，那个男人高抬起一只手，指着我的后背，对我破口大骂。

我不知道为什么。

后来，从女人的歇斯底里的叫喊声里，我听明白了，他们让我交电话费。

"电话未通，还要交电话费吗？"我站在原地，回头望着他们。

"你他妈说什么？"

那个男人奔到我的面前，伸手掐住我的脖子，死死地把我靠在一堵又潮湿又肮脏的砖墙上。

"电话未通，不用交电话费。"我分辩道。

"你他妈的找死呀。"

男人挥拳打在我的眉心上，顷刻之间，我的眼睛肿得如同八月的蜜桃。

那个男人强迫我交出两毛钱，骂骂咧咧地放开我，兀自回那间蓝色的板棚去了。他大声和两个女人夸耀着什么，但他的话语在我的耳郭里不亚于黄昏乌鸦的聒噪。

我迈开沉重的双腿，以最快的速度奔上南关大桥，我踏着下午细碎无比的阳光，在伊通河斑驳的堤坝上找寻释放的缺口。

我流泪了。

等我发觉自己流泪的时候，黄昏雨突然而至，整整一个下午，我漫无目的地在堤坝上狂走了十几公里，最后，我躺倒在伊通河上游的野河滩上望着湛蓝的天空发呆。

雨淋湿了我的衣服，但我浑然不觉。

我想杀人。

我要用鲜血洗刷自己内心的耻辱。

自从在南关日杂店买了那把刀之后，我天天放学后都蹲守在南关电话亭旁边的报摊上，我在等待那个男人的出现，我记得在他杂乱无章的言语中，说自己是电信局的，电信局一定和电话亭有着这样或那样的关系，也许，两个女人当中的一个和他说不定还是亲戚，我固守着自己的计划，无论什么时候，在他出现的一瞬间，把我自己手中的刀，深深地插入他的腹部，让他的脸在我的注视之下变得扭曲，让他骄慢的叫骂变成彻底的无力而绝望的呻吟。

可是，他失踪了。

在我苦苦等待他的日子里，他一次也未出现在我的视野里，或许他来过，但是，他来的时候，我正坐在教室的一角，手握刀柄，让自己的思绪潜入冥想，再或许，他帮助那两个女人只是一场临时萌发的正义冲动，而我在他的冲动中扮演了一个偶然出现的、毫不起眼的角色。

现实生活中往昔的南关，早已随着时代的进步变得支离破碎，但是，我记忆中的南关就是守旧的吗？就是保守的吗？冥冥中的回答是否定的，从最宽阔的视角审视南关，它只能是古旧的，但绝对是温暖的，这种温暖渗入到少年的血液，随着时间的增长而变得更加清晰，更加完整……

4

我有一个同学，家就住在冶金地校的旁边，我们经常一起在周三下午放学的时候，去冶金地校的大院里玩双杠，说起双杠，其实已经破旧不堪，有些地方已经被铁锈蚀住了。阳光照在锈蚀的地方，一片暗红。我们坐在双杠上，双腿下意识地在离地一米多高的地方游荡。

我们之间话很少，各自想着心事。

有的时候，他会突然说："飞鸟的痕迹。"

我就抬起头，随着他的手看飞鸟的影子。我能看见飞鸟，却看不见它们的痕迹。那痕迹是想象的，在现实生活中并不存在。

那时的冶金地校还处于停学状态，校园里除了像我和我的同学这样的野孩子，没有一个学生在校园里走动，更听不到所谓的琅琅的读书声。下午的校园是空寂的，因而阳光特别刺眼，当你仰望天空的时候，必须将双眼眯缝起来，不然，阳光的教训会让不敬的眼球迅速地淌出泪水。

冶金地校的操场上杂草丛生，夏末秋初的时候，很多的草籽随风飘落，为下一年的再生打下伏笔。当然，年少的我把草籽和性联系在一起，但我的同学却已经知道，一个孩子的诞生，必须是两个人努力的结果。

他说："草籽的妈妈产下了草籽，可草籽的父亲是谁？"

我真想去那草丛中侦查一番，把那个曾经的不法分子揪出来，可是放眼望去，每一丛草上都结着草籽，好像所有的妈妈都怀抱着孩子一样。我不知道草籽的父亲在哪里，甚至，我的同学也不能把如此简单的事情说清。

但是可以肯定，他是有想象力的。

冶金地校有一排红砖平房，窗上的玻璃早已破碎不堪，取而代之的是窄窄的板条儿，有些板条儿把整个窗户都封上了。我知道，那排红砖房中至少有一栋是曾经的学校图书馆，因为每当人们从此经过的时候，都会嗅到灰尘覆盖旧纸的气息。

曾经有一个雨夜，我的同学在他哥哥的陪同下潜入了那栋房子中，并成功地盗出一袋子书来，那些秘密隐藏在何处，大概除了他自己，外人根本无法得知，他常坐在双杠上玄想，玄想够了，会突然一笑，对我说一句莫名其妙的话。

比如他说："窃书不算偷也。"

比如他说："有位佳人，在水一方。"

我问他，第二句是什么意思。

他说："简单讲，有一个好看的姑娘，站在河畔。"

"站在河边干什么？"

"等人。"

"等谁？"

"等我，也许是等你。"

"等我们干什么？"

"睡觉。"他似乎不高兴了，从双杠上跳下来，去草丛的边上看风。

风是看不到的。

但他说，草一动，你就看着风了。

不瞒你说，我的同学后来成了作家，但在学校里，他的作文一直都是不及格的，老师说他跑题了，写着春游马上可以联系到秋天的落叶，老师认为他的大脑有问题，乱码七糟的东西装多了。

可是，他的大脑究竟有什么问题呢？

他的大脑有问题吧？

不然，他奔跑的时候，左边的肩膀为什么总是比右边的肩膀低一大块呢?

他在冶金地质学校的大院里奔跑，那姿势像一只鸟在空中盘旋。

他去给他父亲送饭，因为他父亲被关起来了，关起的原因是学习，至少学习什么，怎么学习，他就不知道了。不过他是易感的，这一点从他眼中噙着的泪水可以看出来，有时，我们正说着话，他会突然停下来，转头去看关押他父亲的那栋房子，看着看着，肩头就耸动起来，他极力地压制着自己，嘴唇不停地抽搐着。

他没告诉我，他看到了什么。

但他对我说："让我爸快回家吧，家里又闹耗子了。"

这句话没有什么诗意，却十分地生活化。

（读这段文字，我以为他说的那个同学是我，但读完之后，我知道所谓的书籍与诗歌和我没有任何关系。我没有说过那么有哲理的话，也从未和林鹏举一同出现在冶金地校的校园里。我相信那句话是他自己说的，因为从我们认识的第一天起，他就说过他想做一只飞鸟。并说，他早晚有一天要以特殊的方式离开他所熟悉的、令人厌恶的生活。）

当这篇小说写完的时候，我特意给那个年轻的狱警打了一个电话，他读了我的小说之后，大惑不解。他问我："难道这就是小说？难道小说就是这样写的？"

我说："我能做的只有这些。其实，每一个写小说的人都无法真正说清什么是小说。"

电话那端，年轻狱警轻轻地"哦"了一声。

我问："他杀死了谁？"

他说："他的一个姓刘的女同学。"

这一回，轮到我"哦"了一声。

年轻狱警说："他临死之前说了一声话。"

"什么。"

"我已经解除了自己的魔咒。"

……

没有门窗的房间

　　我是在四天前决定和马丽去雅安的。其实，那不是雅安。至少不是四川的雅安。但只有我知道，我叫这里雅安已有很长时间了。

　　这是东北的一个三面环山的小山村，在村的正北面是一片天然松林。松花江的一个很小的支流从这里经过。江水很清，只有脚踝深。这段松花江一年四季不冻，涓涓的，像一首缠绵的情诗。我的一个朋友在这里买了房子，买了不久又去了越南，房子就荒废在这里。因为买进的价钱极低，他也不等钱用，加之压根就不想转手，所以临行前，把钥匙丢给了我。

　　于是，我有了一个"别墅"。

　　在我认识马丽之前，我有一个女朋友，是搞摄影的，她热衷于旅行，并喜欢在荒野里自拍裸照。她性格开朗，为人大方，有时大方到把自己的身体随便就交给一个陌生的男人。我们第一次做爱是北京苜蓿花香气四溢的季节。香山脚下的一个我至今叫不出名字的小村。我的衣服因为南方四省的旅行而变得又脏又破，我头发纷乱地出现在她面前，手里的提箱看上去像一个老式的柳条包。

她帮我洗衣服，之后把我按到她的床上。

我困倦至极。

等我醒来时，她已经赤裸着身体坐在我身边，头顶上的格子木窗把北京干燥的阳光折射进来，让我感到亲切又温暖。那小窗的玻璃上满是晚饭花的花影，晚饭花一串一串的，像女孩儿柔软温顺的目光。

我们就做我们该做的事。

傍晚的时候，我们沿着一条林荫道散步，我张开一只手臂，她顺从地抱住它。她的食指有一块硬茧，那是长期按动快门所致。她的身上有一股苦涩的青草的气味，很容易让人沉醉。

我们在一起生活了一个月，严格地说，是四十天。

每日如斯。

上午睡觉，下午做爱，黄昏散步。晚上打车去三里屯的酒吧狂欢。

偶尔有广告公司或杂志社打电话要买片子，我们的秩序才会被打乱，那段日子，她拍了大量的苜蓿花，那忧郁的深蓝色调把我的心都搅乱了。

再后来，她告诉我，她要一个人去天山，我们的情爱生活不了了之。

分手的时候，她在我的脸颊上亲了一下，说："我们只是彼此身体的过客。"

马丽和她不同。

马丽是一家报纸的文化版编辑，二十三岁，未婚。人长得很黑，眼睛大得出奇；嘴巴也大，笑起来有点儿像《非诚勿扰2》里的舒淇——认真而又随意。我们的相识极其偶然。在一个青年作家的长篇小说的首发式上，她和一帮记者挤在一起，争着抢着把自己的问题传递过去。那个首发式在一家酒吧举行，青年作家风流倜傥，谈笑风生，很快就调动了场内的气氛。

我是酒吧的客人。

对于他们所热衷的一切，我只是一个旁观者。

那天，我要了三大杯啤酒，两包"555"牌香烟，如果不是马丽在我身后独自垂泪，我根本不会成为这场游戏的参与者。马丽大学毕业不久，在我们所在的这所城市的晚报社实习，她没有采访经验，无法应付对她来说如此激烈的场面。她被那些久经沙场的老记们挤在了人群之外。

我看了她一眼。

她的样子楚楚可怜。

"怎么了？"我问她。

她没有理我。

我自然地接过她手中的采访备忘录，草草地看了一眼她所开列的那些问题。

我站起身，轻易地挤进人群，面对面地聆听了青年作家的教导。望着一张比我稚嫩很多的面孔，我为自己的行为感到无助而可笑。

我和马丽就这样认识了。

促使我和马丽走得更近的是另外一次机会。

我的一个朋友从北京打电话给我，他包装了一个演唱组合，需要我在我所居住的城市做宣传。在这个城市里，他只有我这么一个朋友，所以，帮他做事是我义不容辞的责任。我所从事的职业和媒体毫无关联，朋友的要求无疑给我出了一个难题。我想到了马丽，就翻箱倒柜地找出了她的联系电话并说了我的难处。

马丽笑了说："没问题。"

从口气中可以听出来，此时的马丽已非彼时的马丽，她已经是文化娱乐版的一名资深从业者了。果然，在约定的时间，马丽为我找来了市内所有媒体的记者，我们在一起欢聚一堂，顺顺当当地安排了朋友交代给我的事情。席间，马丽坐在我身边，在酒酣耳热之际，她的手紧紧地抓住了我的手。

"我喜欢你。"她说。

"为什么？"以我的年龄，已经不习惯如此直接的表白。

"我喜欢你。"她说。

那以后，我们一直保持着这样一种暧昧的关系。但我们不经常见面，也没有发生过上床之类的事情。我们最亲密的一次接触是在大荒山的野外帐篷里。市里有一家登山俱乐部，马丽是那个俱乐部的会员，他们经常组织一些野外活动，比如登山、远足、徒步勘探、探险之类的运动，这些运动让原本素不相识的男男女女彼此熟悉起来。

马丽约我加入其中，与她同行。

那是一个晴朗的下午，刚刚吃过午饭，马丽就在楼下高一声低一声地喊我。

她和另外几个人开着两辆经过改装的大吉普，满脸兴奋地冲我挥手。

"出去啊？"我问。

马丽什么也没说，跑上楼，抱着我的胳膊把我拉进车里。

他们约好，今晚去大荒山宿营——有一颗什么星今晚会出现，而大荒山是最好的观测地。

我是一个少有爱好的人，除了喝一点儿酒，几乎很少参加别人的聚会。我喜欢独来独往，像月影里的独行者。不知为什么，我的内心总是充满忧郁和疑虑，我习惯了孤独地面对周边的一切，更习惯一个人蜷缩在角落里吸烟。这也是我很少和马丽约会的缘故之一。自从我的摄影爱好者离开我之后，我内心中仅有的一点儿自信荡然无存，消失得无影无踪。

在大荒山，我的宿营地在一片树林的边缘。

那里有大片的草地，视野相对辽阔。

整整一个下午，我都躺在帐篷里看一本无聊的小说。

小说内容极其简单——

一个叫诏的女孩儿总是关注自己身体的变化，她总想找一个男人，又对男人有着与生俱来的恐惧。她经常一个人在深夜里去行人稀少的偏僻之地徘徊，直到有一天被一个中年男子强奸。男人干完事，提着裤子跑掉了。她一个人躺在树影里，脸上是快慰的眼泪。她终于明白自己，她如此热衷徘徊，其实就是在等待这样的机会。现在，这个机会来了，该发生的一切都发生了，她病态的心理得到了前所未有的治疗。

叫诏的女孩儿想找到那个男人。

她去派出所报案，提供尽可能详细的线索。不久，那个男人被抓住了，诏去监狱看他，并鼓足勇气告诉他，她之所以告他，是想再次见到他，她想和他生活在一起。

莫名其妙的小说！让人读了之后除了沮丧还是沮丧。

晚上，马丽拉着我的手在树林里散步，她不时地在我的脸上亲吻，月光的缘故，她的头发时而变得花白，时而变得金黄。那一刻，我觉得她很美，像一个随时可以飞舞起来的林妖。

我和她讲白天所读的小说。

她说："很多女孩儿都有这样的幻想。"

我吃惊地看着她。

她说："包括我，也一样。"说这话的时候，她把我的手握得更紧了。

这是一个月光明亮的夜晚，马丽他们的计划因为月光的捣乱而破产。那颗什么星星来了，又走了，人们无法寻觅它的踪迹。吃过夜宵之后，我和马丽躺在帐篷里，我们继续小说的话题。

马丽说："水。"

我说："什么？"

她说："水，月光像水，男人像水，更像月光。"

我们抱在一起，感受彼此身体的凉润。

我喜欢一个人的远行。我所要说的"一个人的远行"不单单是我；我的第一个女朋友，那个摄影家；也不单单是马丽；当然也包括去越南的朋友。这些年来，他一直在那边做生意，起起伏伏的，时而快意，时而荒诞，时而亢奋，时而凄凉。他喜欢过一个叫阿南的越南女孩儿，后来，那个女孩儿因为去河水里洗白莲花而溺水身亡了。

阿南会唱歌，会背许多越南诗人写的诗。我的朋友很少提起她，可每次提起她都十分伤感。

我见过那个女孩儿的照片，长得白皙、纤细、妩媚，一副和水合二为一的模样。朋友提到她的时候，总是说着说着就突然停住，一只手抚在额前，一只手轻轻摆动，说："算了算了，你看我提她干什么。"往往都是这样。

真的！

从大荒山回来不久，马丽再次打电话给我，声音低沉地告诉我："我要结婚了。"

我沉吟着，没有说话。

马丽突然哭了，大声说："我不能这样稀里糊涂地爱过一个人，却和另一个人结婚。"

"你什么意思？"我问。

马丽说："我要和你出去几天！"

她说得那么果断。

我和马丽去雅安。说实话，她以为是四川的雅安，为此还做了长途旅行的准备。等我开着车去接她的时候，她才明白，我所谓的雅安是那个曾对她提起过，她也曾要求我带她去而我一直没有安排出时间带她去的地方。

是一个小山村。

她笑了笑，说："无所谓！"

她抬头向楼上望望，一个大胡子男人正在向她挥手致意，那个男人的脸上挂着迷人的微笑，挥手的姿势非常优雅。我想，他一定是那个准备和她结婚的男人了，一个善良而无知的男人，而我正利用他的善良和无知破坏着他的即将开始的美好生活。虽然我是被动的。我知道，这一次和马丽出去，不会像在大荒山的帐篷里那么简单，我们仅仅拥抱，因为月华如水而放弃做爱。

这一次不一样。

我的心有点儿悲凉。

天开始下雨，我们的汽车在公路上飞驰。

从汽车离开市区，马丽就一直伏在我的身上，她懒洋洋的样子像一只猫，浑身上下每一个细胞都注满了幸福。我是一个缺少自信的男人，尤其是摄影家离开我之后，我无法相信一个未婚女孩儿还会对我如此着迷。

"我知道你在想什么。"马丽喃喃。

雨使公路变得非常干净，道路两边的阔叶林也格外地翠绿起来。

马丽说："这几天总能看到死亡的消息。"

她说，她读报纸，有一个赤裸着身体的男子从七楼坠楼身亡。究其原因，原来，他与住在七楼的女主人有奸情，恰遇女主人的丈夫回家，情急之下，他按以往的习惯跳窗逃走，可他忘了至关重要的一点，以前，女人家是平房，而不久前，她家搬迁到了新居，新居在七楼，他的逃生方式是直接死亡。

马丽说："你觉得有意思吗？"

我摇摇头，不置可否。

雨越下越大，雨刷在挡玻璃上不停地划动，我的心开始麻乱。

一辆警车从我的车侧一闪而过。

紧接着又一辆。

"怎么了？"马丽问。

我说："不知道，也许出什么案子了。"

直到这时我还不知道警车和我们的目的地一样！

原来，我的朋友早已潜回本市，并悄悄住进他的乡村小屋。与他一起回来的，是三尊古佛。后来，从其他渠道得知，那三尊古佛是从柬埔寨运回来的，价值不菲。我的朋友与古佛住进乡村小屋不久，就突然死亡，他坐在三尊古佛中间，面色十分的安详。

他临死的时候，手里拿着一张照片，是他的越南女友阿南的，只不过照片上已经布满了密密的划痕。

朋友的死亡本和我及马丽无关，可是我们的出现让警方产生了极大的怀疑。我们被带回了城市，几乎用了半年的时间才把一切解释清楚。那以后，我和马丽彻底分手，再没有过任何联系，听说她的婚姻并不幸福，那个蓄须的男人（我曾笑他善良和无知）在与她结婚的同时还深恋着另外一个女人，那个女人很有钱，自己经营着几个规模不小的服装店。

我站在街头，茫然四顾。

这一切和我还有关系吗？我问自己。

没有。

走在灰尘比阳光还多的路上，我觉得我们更像一群苍蝇。

贞操与道德的距离

我和妻子第一次提起郝戏的时候，她特别"不以为然"。她对我说："你和别的女孩儿有什么或者有了什么我都会很在意，但和郝戏却不一样。"她看了我一眼，又说，"因为郝戏长得挺可爱的。"

说这番话的时候。她正帮我洗澡，蓬头的水把她头发溅湿了，所以，她的表情有些怪异而落魄。她的手在我的小腹附近游动，让我不能不仔细分析她的真诚背后究竟隐藏着多少不可知的威胁。

她往我身上撩水，水流的浸漫使我想起前几天在朋友家里发生过的事。

那一天，朋友的母亲过生日，我们一帮人都去了——这其中包括我，我妻子，还有郝戏。在整个的家宴过程中，郝戏只和我说了一句话，但这唯一的一句话却让我妻子死死地抓住了把柄。

郝戏说："你把脚拿下去不行吗？"

当时的情况是这样——我盘腿盘累了，就把脚伸了出去，也许我的脚过于庞大，一下子招惹了大家的视线，所以，郝戏习惯性地损了我一句，并且用手使劲儿地推了我一下。

郝戏的举动引起了我妻子的注意。

女人在某些细节问题上总是敏感的吧！

果然，从朋友家一出来，妻子就故作亲昵地抱住我的臂膀，撒娇似的问我："郝戏在哪儿上班呀？"

我说："在文联，写诗的。"

妻子一提鼻子，说："写诗的没有一个好东西。"

我说："不完全吧，你这样说话太不负责任了吧？"

妻子笑了，说："你们什么也别想瞒过我。"

我们？

当时我就愣住了。

后来的日子就越发琐碎，越发具体了。

我觉得，在必要的时候，我有责任向我妻子讲一讲我和郝戏的故事。

当然，作为妻子，第一关心的就是我和郝戏是否上过床，或者说在床上干过什么，她把这个问题想得很具体，具体到每一个细节似乎都有出处。她用似笑非笑的眼神注视我，好像我是透明人，而她早已洞穿了我所有的秘密。

第一次坦白，我是那样的委屈。

我特意买了一瓶啤酒，猛地喝了一大口，然后，夸张地愤怒地把瓶子不轻不重地放在桌子上，任凭沉重的头颅沿着桌沿深深地低下。我问自己，我和郝戏有关系吗？如果有关系，我为什么如此坦荡；如果没有关系，我为什么又是如此胆怯？！

　　我想起我和郝戏关系最近的那个夜晚。

　　我和她从单位一起出来，我们骑着自行车，商量着选择一条从未走过的路线回家。我们走到一个叫东岭的地方，郝戏突然停住车子，对我说："不行，我饿了，饿得不行，我们吃点儿饭吧。"

　　我点点头。

　　于是，我们来到街边的一家小酒馆，要了两个菜，默不作声地喝起酒来。

　　我看看郝戏。

　　郝戏也看看我。

　　看看过后又能怎么样呢？

　　我当时曾经这样想过——把手从桌下伸过去，轻轻握住郝戏的手，然后，和她说点儿什么，说点儿内容比现在的话题更富于弹性，更富于诱惑的，哪怕具体一点儿，下流一点儿也行——这是我所需要的，也应该是她所需要的。

　　我想了，但我没做。

　　事实上，我特别想给家里打一个电话，用撒谎的方式告诉妻子，单位有客人，我一时分不开身，可能要晚回去一会儿。但是，郝戏一直不停地说话，让我一点儿机会也没有，我只好一边听她扯八卦，一边催动意念，命令膀胱快点儿肿胀起来。

终于有了尿意，可是，郝戏却抢先离座了。

郝戏去上厕所，我急忙给家里挂电话，电话刚通，郝戏像一阵风似的回来了。

"给谁打？"郝戏好奇。

我没时间回答她，因为妻子那边已经把电话接起来了。

"在哪儿呢？"她问。

"单位有点儿急事，我晚回去一会儿。"

没等妻子表示什么，郝戏突然一脸愠怒地看了我一眼，一丢筷子，起身奔出了门外。

我一下子陷入一个公式化的旋涡里。

我急忙放下电话，匆匆结账，然后快速地追上郝戏，十分真诚地拉了她一把。

这时，我才发现，郝戏的脸上尽是泪水，被长发遮挡住的面颊是那么苍白。她站在一片树荫下，半个身子依在树干上。虽然是夜晚，但月光倔强地奔突到她的脸上，而倔强的月光又因为树影的分割显得支离破碎。

我说："你，你……"

郝戏说："你抱我一下。"

我木然地盯着郝戏，一瞬间从生理上到心理上都是那么空虚。

郝戏说："你抱我一下。"

我艰难地摇了摇头。

郝戏没再说什么，她用力地拧着自行车的车把，好像要拧碎我细小的胳膊。我打了一个冷战，身子不由自主地往后退了一步。我和郝戏之间的沉默大概有五六分钟之久，郝戏看了我一眼，似笑非笑地走了。

我怕她出事儿。就在后边跟着。

郝戏加快了蹬车的速度。

我无所谓，只要能看见她的背影就行。

在一条小街的拐弯处，郝戏的背影消失了，她是钢筋混凝土丛林里的女巫，最善于隐身这一套。我紧蹬几下，死死地跟过去。接下来的情景让我不知所措。郝戏一手扶车，一手叉腰，站在人行道上歪着头看我。离她不远的地方，有两个警察正在巡逻。

郝戏大声问："你总跟着我干什么呀？啊？你总跟着我干什么呀？"

那两个警察停下了脚步。

我什么也不能再说了，一转把，闪进另一条黑暗的小巷。

"站住！你站住！"

我的身后响起警察的喊声。

我在黑暗中飞驰，像一只失群的蝙蝠，蝙蝠就蝙蝠吧，谁让我遇到的是郝戏！

……

我又回想和郝戏有关的另一件事。

入秋了，天气一天比一天凉。尽管到了中午，赤烈的阳光下，随意刮来的风依然不能消除清晨的寒意。

我一个人坐在一家熟悉的小店里喝酒，喝得头已经有点儿晕了。这时，我的电话响了，是郝戏打来的，她问我，是否在老地方喝酒，我说是，她说，那就快点儿出来吧，到马路对过，交通银行的自动提款机旁，我等你，说完，她就把电话挂了，留下一片阒静将我尽数包围。

其实，周围有很多人在吵，但我听不着。

我站起身，晃晃荡荡地往外走，告诉老板不要动我的碗筷，我一会儿回来接着喝。

我去马路对过，还没过马路呢，就看见郝戏冲着我招手。

她给我买了一件棉加丝的线衣。

在自动银行里，她逼着我把身上的衣服脱掉，换上她刚刚买来的内衣，那内衣是灰色的，穿在身上非常暖。她上上下下打量我一番，说："就这么穿着吧。"

我指了指她手里的那件白色的线衣。

她四下里看看，发现门外有一个垃圾箱，便把我换下来的衣服往里一丢，说："不要了。"

说实话，她这样做我十分尴尬。试想一下，如果我穿着她买的内衣回家，被妻子发现了，我将如何解释呢？而郝戏好像猜到了我的心思，她把手里的饮料瓶拧开，将残余的饮料尽数倒在垃圾箱内。

她说："你别把我想得太下作！"

我苦笑了一下。

穿上郝戏给我买的新内衣之后，我们一起打了一辆车，直奔净月潭，郝戏说，净月潭的白桦林树叶金黄，她想让我给她拍几张照片留作纪念。

我说："那些树叶年年都黄，为什么非得今年去照呢？"

她说："今天是我的生日。"

这应该是一件值得纪念的事吧，用郝戏自己的话说，人一过二十五岁就"奔三"了，一个女人"奔三"是多么悲哀的事，往后的日子必须考虑嫁人生孩子。嫁人还勉强可以接受，生孩子，女人一生的幸福就和痛苦紧紧地拴系在一起了。

也许她说得对吧。

下午的净月潭阳光充足，从正门进去，穿过一座小庙，便到了潭边。雨季刚过，潭水盈盈，清澈见底，给人一种既荡漾又平静的感觉。环潭公路的另一边是山坡，山坡上长满了高大的橡树，郝戏站在树下凝望很久，突然背出两句诗来。

是舒婷的《致橡树》。

她的情绪忽然变得低落，把刚拿出来的照相机又塞回到背包里，像那天夜里突然走掉一样，一转身，大步向回走去。

"怎么了，不照了？"我大声问。

"不照了，没意思。"

本来，我应该去追她，可是，一种怏怏的情绪陡然而升，我一个人爬上山坡，找了一个卖啤酒和小吃的地摊，很快就让自己酩酊大醉。醒来时，天已经黑了，我的后背一片潮湿。我抬眼看天上的星星，它们闪烁在秋天的夜幕上，如同精灵的眼睛。

我有六个未接电话。

四个是妻子的，两个郝戏的。

后来，就有了郝戏相亲的事。

郝戏给我打电话，让我去帮她把关，对方是离异的，带着一个孩子。

郝戏对我说："那男的怎么样，你不用管；你只帮我看看那个孩子。在孩子这方面，你比我懂，你就看看我和她能不能处得来。"

我哭笑不得。

我去郝戏指定的大酒店，在417包房里见到一个高大的穿着白色西服的中年男子，看岁数比我大许多，可人却有那么一点点"活泼好动"。他的身边坐着一个八九岁的小女孩儿，低眉顺目，一声不语。和孩子相比，那个男子倒显得有点儿过于"年轻"了。最可笑的是，都那么大岁数了，脸上竟还长着粉刺儿，看一眼叫人直犯恶心。

郝戏怎么会看上他呢?

见我进来，郝戏十分高兴，风风张张地给我们双方做了介绍。

说到我时，她特意抱了一下我手臂，对白西服说："我哥们儿，不是'前主要'，胜似'前主要'。"

白西服尴尬地笑了。

出于礼貌，我和白西服握了握手。

以下的事情我就不感兴趣了，我凑到那个小女孩儿的跟前，问她叫什么名字。白西服抢着回答，说叫青惠。我佯装生气，对他说，我问孩子呢，又没问你，你抢什么答呀？白西服有点儿不好意思。我趁机讨好那小女孩儿，说："我说的对不对？"

女孩儿点点头，又摇摇头。

我想：女人啊，无论大小，都是让人难以琢磨。

我对青惠说："他们说话，咱们去看云彩怎么样？"

她看了我一眼，犹豫半天，答应了。

我领着青惠出了房门，一直走到走廊的尽头，推开那扇半掩的门，站到宽大的平台上。在楼房的阴影里，我们找了一块干净的木板坐下。青惠紧贴着我，生怕平台窄小，她一不小心被风刮下去。

我点燃一支烟，深深地吸了一口，对她说："你自己看吧。"

青惠说："天上没有云彩。"

我依然在抽烟，连头也没抬一下。

青惠又说："天上没有云彩。"

我说："那咱们就说话。"

"是谈恋爱吗？"青惠认真地问。

她这句话一下子把我问傻了，我不知该如何回答她。她仰着脸儿，十分干净地看着我，仿佛在等待我的解释。

我说："你太小，谈不了恋爱。"

青惠说："阿姨比我爸爸小，为什么能和爸爸谈恋爱呢？"

我更加吃惊地瞪大了眼睛。

"谁说他们在谈恋爱呢？"

青惠白了我一眼，说："别骗我了，我又不是弱智。"

我真的无话可说了。

等服务员叫我们回去吃饭的时候，郝戏和白西服已经谈笑风生、水乳交融了。和在平台外不同，在平台上，青惠的话特别多，回到屋子里，她一下子又恢复了沉默，包括我问什么，她也只用点头和摇头来表示赞同或者反对。

郝戏喝了一点儿酒，整个人变得无比兴奋。

她拉着青惠的手，问："青惠喜欢阿姨吗？"

青惠只吃东西，不点头也不摇头。

郝戏又问我："你说，她能喜欢我吗？"

不等我回答，白西服说："能，一定能，你都快成她的新妈妈了。"

白西服的这句话对青惠产生了刺激，她问白西服："朱叔来了吗？"

后来我知道，所谓的"朱叔"是白西服的司机，白西服如果喝了酒，一般都叫"朱叔"过来开车。

听见青惠在问，白西服点了点头。

青惠对他说了一句，你接着喝吧，我回家了。说完，和谁也不再打招呼，一个人下楼去了。不一会儿，有电话打上来，是"朱叔"的，他告诉白西服，他看见青惠了，还问他，用不用返回来接他。白西服看了郝戏一眼，拒绝了。我明白他的意思，吃完饭，他要送郝戏回家。

他送郝戏，那我干什么呢？

我决定跟踪他们。

确定自己吃饱之后，我也起身告辞了，白西服没有挽留我的意思，但郝戏说："稍晚一点儿，我给你打电话。"

我摆了摆手。

走到门口的时候，我想起什么，对郝戏说："你如果在这儿留宿的话，就别打电话了。"

郝戏把一个高脚杯掷向我，骂道："去你妈的。"

下楼之后，我就去了大酒店旁边的一个工地，很容易地找到了一个镐把，镐把折了三分之一，剩下的部分长短正好。我挟着镐把，上了一辆在酒店门口等候的出租车，指挥司机把车开到酒店拐角的黑暗里。司机用眼神寻问我怎么了，我说，我媳妇和别人在上边约会了，我要给他们来个捉奸捉双。

我把一百块钱塞进司机的手里，说："一会儿，你帮我盯紧点儿。"

司机有点儿兴奋，揣钱的过程中关掉了对讲机。

大约二十分钟后，郝戏和白西服出来了，白西服叫了一辆车，示意郝戏上车，可是，郝戏却摇头拒绝了。白西服去拉郝戏，郝戏向后退了一步，又拉，郝戏伸手打了他一个耳光。

司机对我说："是他俩吗？好像闹什么矛盾了。"

一句话提醒了我，我一拉车门，冲下车，高举镐把，一路狂叫着向白西服奔去。旁边工地上的机器突然齐声大作，机械的声音遮盖了我的吼声，白西服并没有看见我，他不知对郝戏说了一句什么，然后，优雅地一拉车门，上车了。

出租车如同风语者一样，悄然驶进夜色。

"你疯了？"郝戏问我。

我冲着出租车的背影使劲儿吐了一口唾沫，把镐把往台阶下一丢，回答说："没疯。"

我想坐刚才那辆出租车送郝戏回家，可是，等我再回头时，那辆车也消失得无影无踪了。

我对郝戏说："你是一个忘恩负义的妖精。"

"我？"

"你！就是你！"

"我怎么了？他要领我开房我没干，他说我嫌这地方小，又要带我去香格里拉，我还是没干，我怎么忘恩负义了我？你把话说清楚！"

我一甩手，说："我说不清楚。"

我另叫了一辆出租车，在街上漫无目的地行驶。

我想回忆，回忆我和郝戏除了我所经历的这些，还有什么？如果也算经历的话，那么应该加上如下的细节。

那是一个天气特别晴朗的中午，我和郝戏出去吃饭，我们经常一起出去吃饭，这一点不需要向任何人隐瞒。那天，我们去的是我熟悉的那家小店，点了一盘饺子两个炒菜。老板见我第一次领异性来，便冒冒失失地问我："是嫂子吧，长得太年轻了。"

我要解释。

可是，郝戏却开心地笑了。

喝酒的时候，郝戏说："给我讲个故事吧，你好久没给我讲故事了。"

我点点头。

前几天，我听到了一个故事。

车站附近的某个派出所接到了一个女人的报案——那女人披头散发，目光惊惧，脸部肌肉不停地抖动，好像有一只无形的手在控制着她的神经开关。时间是夜里十一点左右，派出所所长和另外三个干警正在打麻将，而且是"一归三"。所长一个人输了将近两千块钱，另外三个人当然各有收入。所长表面平静，内心焦躁，正逼问几个手下是否再打几圈。

就在这时，那个女人悄悄地推门进来了。

她小声地说："我丈夫杀人了，杀了三十多个！"

四个人同时回头看她一眼。

女人说："一定又杀呢！要不是我跑得快，连我都杀了！"

这不是神经病吗？

所长一挥手，不耐烦地轰她，"去去去，来这儿捣什么乱呀？"转脸又对几个手下说，"神经病。"

突然，那个女人声嘶力竭地喊叫起来："我没病，我说的是真的！我没病，我说的是真的！"

她不喊不要紧，一喊，那几个警察一哄而上，连推带搡地把她推出了门外。

他们错过了一次立功的好机会。

女人离开他们之后，又跑到另外一个派出所报案，结果，那个所的警察很重视，当时便集中警力，跟着女人回到了她家。破门而入，所见场面十分恐怖。昏黄的灯光下，一个赤裸的男人浑身是血，正一刀一刀地分解一具女尸呢。

男人的眼睛都砍红了。

看到媳妇带来了警察，他并没有恐慌，而是十分遗憾地摇摇头，说："就差你一个了，就差你一个了，你为什么不去做处女膜修补术呢？"说完，把刀一丢，乖乖地跟着警察走了。

据查，这个男子三十八岁，原来是个本分人，偶尔一次醉酒，被人骗进洗脚房找了一个小姐。洗脚房的老板说，她这里的小姐都是艺术学院的大学生，年轻、漂亮，还有处女。杀人男对处女感兴趣，就倾其所有，找了一个女孩儿。结果呢，女孩儿是个假处女，处女膜是后修补的，她与杀人男睡了一觉，把自己身上的梅毒传染给了杀人男。

杀人男恨假处女，便产生了杀人动机。

他主动去各个足道寻找漂亮女孩儿，然后带她们去做修补手术，然后勾引回家，先奸后杀。妻子也恨这些伤害自己男人的妖精，便顺理成章地成了丈夫的同谋。只是漂亮女孩儿并不是个个都可以勾引，久而久之，杀人成瘾的杀人男经常逼迫自己的妻子去做修补手术。多少个夜晚，妻子从睡梦中醒来，发现丈夫伏在她的头顶，两个眼珠儿直盯着她一动不动。

她终于害怕了，便跑出来报案。

杀人男真的杀死了二十七个小姐，只是，这些小姐的流动性太大，职业特殊，失踪个十天半个月的，或者失踪个一年两年的，店里不会找，家里人更不会找。他们的态度形成了另外一种包庇，这种包庇为杀人男创造了机会。

破案当天杀的第二十八女孩儿例外，她是替杀人男的妻子死的。

杀人男已经个把月没杀人了，突然觉得技痒，便开始琢磨自己的媳妇，他妻子从他的目光中看出端倪，找个机会跑掉了。杀人男疯狂了，他冲上街去，躲在僻静的地方，等到有单身女孩儿经过时，突然袭击，棒打至昏，然后，用麻袋把人驮回家里。

这个女孩儿让他得到了真正的满足。

因为，这个女孩儿是一个真正的处女。

杀人男和他的妻子均被判了死刑。

"所长呢？"郝戏问。

"什么所长？"我反问。

"就是打麻将那个所长。"

"听说被'扒皮'了。"

"活该。"郝戏愤愤地说。

关于处女，还有一个故事。

我们单位有一个司机领了一个女的在车库的小车里睡觉，他们赤身裸体，互相拥抱，表情怡然，动作亲昵。只是，人们发现他们的时候，他们已经死了。是冬天，他们开着暖风睡觉，车内温度很高，以至他们的尸体还是热乎的。

大家猜测他们干了那事儿。

可是，法医鉴定，那女的年纪虽然三十几岁了，但处女膜没有破掉，阴道内也没有男性的分泌物。事实证明，他们只是睡觉，并没有干什么令围观者兴奋的事情。

人们对此议论纷纷，百思不得其解。

"这真是个谜。"郝戏说。

"谁知道呢。"

那天，我讲了好几个类似的事情，郝戏都听得十分认真，后来，郝戏突然问："有厕所吗？"

我摇摇头，说："室外，挺远呢！"

"这什么破店呀？！"

"怎么了？"

"我……"郝戏几乎要哭了，说："我想上厕所。"

我看她双腿夹紧，不停抖动，似乎马上就要淋水。我回头看了一眼厨房，急中生智，冲过去一把把老板拉出来，小声对郝戏说："有地漏。"

"行吗？"

"快去吧。"

我站在厨房门口，给郝戏把风。我一边吹口哨，一边想象着郝戏急不可耐地蹲下去，狼狈不堪地解决着自己的生理问题。

从厨房出来，郝戏使劲儿捶了我一下，说："都怪你，讲那些破事儿。"

我笑了。

老板也笑了。

我们笑得那么开心。

我和郝戏是朋友，我们在一个大院里工作，偶尔一次见面，使我们各自的心底都荡起那么一点儿激情，我们把之称为第四种情感，我们的关系比情人远点儿，比朋友近点儿，我们握过手，但从来没接过吻，别的什么就更谈不上了，如果说还有什么过分之处的话，那就是我，在郝戏的一次低头中，从衣领中窥见了她的乳房，很小，很白，很随便，和所有女人的乳房一样，没有什么特别的。

　　那天晚上我躺在床上向我妻子叙述这一切的时候，我的手下意识地在她的后背上划动，我不知道她想听什么，不想听什么，但有一点我知道她很满意，那就是我没和郝戏上过床，这对她来说很重要！

　　谁知道！也许如此吧！大概女人都特别注重贞操，自己的，也包括别人的！

　　那么，男人呢？

　　我曾问过郝戏："我们能上床吗？"

　　郝戏用力地点了点头，但追加了一句话，那就是："除非你娶了我！"

一　帧

这个女孩儿有一个奇怪的名字，叫娈仪。

今年秋天，我有机会出差去东营，从东营市车站又乘车跑了几十里路，来到一个叫六户的地方。六户这个名字像娈仪一样奇怪，我怀疑是因其最早的住户只有六家而名。在我的印象中，六户似乎只有一条笔直的大街，我很容易找到一家招待所，是一个什么部门的招待所，院子很大，院子里种了许多剑兰。

我住的房间在一楼，价钱很贵，但阴暗而潮湿。

我就是在招待所里打电话给娈仪的。接电话的是她的妹妹，她妹妹说娈仪不在，到城里去了，要晚上才回来。我想他们所谓的城里就是我下车的地方。我有些失望地放下电话。我原本以为我一挂通电话，就可以听见娈仪泣然的声音，我为她的忧伤准备了许多要说的话。

我来东营之前，接到奕仪一封信，她的信上说，她结识了一个从北京去的男孩儿，那个男孩儿说能为她父亲的单位搞到粮油。这是一笔一本万利的买卖。男孩儿说他认识东营市的市长，可以想办法把奕仪调到城里去。并声称要带她和市长见一面，沟通一下关系。他们约好时间，梳洗打扮，可他们穿着整齐之后又很快把衣服都脱光了。奕仪说，她稀里糊涂地把自己的处女之身交给了他。她交给他的还有她父亲从银行取出的六万块钱。

　　那个男孩儿带款提货去了，可他一去未还。

　　他留了一个他在北京的电话，她按这个电话打过去，对方一个女孩儿立刻尖声质问她："你是哪里？"

　　"我是山东。"

　　"是山东哪里？"

　　"山东东营。"

　　"他在你那里？"

　　"他说他回北京了。"

　　"狗屁，他是一个大骗子！"电话那端的女孩儿沉默半天，突然大笑起来，她上气不接下气地操着一口京腔幸灾乐祸地关心起她来："是不是他骗了你，他要带你见大人物，帮你解决工作问题，说吧，他还骗你什么了？身子？钱？这回他又帮你买什么了？钢材？木头？铝？"

　　那边的女孩儿陡然放下电话。

　　奕仪在给我的信上说，她当时一下子就蒙了。

　　如果我不做编辑工作的话，我想我恐怕这辈子也不会认识一个叫变仪的女孩儿。那是一个平淡的早晨，我像每天一样早早来到办公室，打开门窗，掸掸灰尘，然后开始一天的工作。变仪就是在这个早晨进入我的生活的。我的桌子上放着一个大大的信封，信封的左上角贴着一根白色的鸡毛。一眼就可以看出来，这是一个女孩儿的伎俩。

我打开信封，里面除了一个电话号码，什么也没有，没有姓名，没有任何暗示，只有一个六位号的电话号码。这大大出乎我的意料。

如果不是出于好奇拨通那个电话，我恐怕这辈子也不会认识一个叫变仪的女孩儿。我是在傍晚的时候打通那个电话的，夕阳的绚丽使我心境怡然。我听见一个女孩儿很熟似的叫我的名字，然后像老朋友一样述说她的快乐。她说："认识你和不认识你一点儿也不一样。"

我无话可说。

她说："我可以给你写稿子吗？"

这当然。

后来，在我编辑的刊物上变仪发表了一篇散文，我记得非常清楚，在她的散文结尾处引用了一段东山魁夷《听泉》中的话。她用一种绿色的圆珠笔在这段话下边画上波浪线。

"林中传来了细细的叮咚声，一曲清泉蜿蜒地潺潺流淌着。鸟儿在这里安歇下来。尽管是短暂的憩息，对不断飞越荒野的鸟儿来说却是一种拯救。"

我编稿的时候，把这段文字划了。

我乘火车从德州进入山东境，一路上我的脑子都想着一些奇怪的事情。比如变仪的失身和我有什么关系呢？我为什么要绕道东营去看她？我也由她想到她的散文，由散文想到东山魁夷，由东山魁夷想到日本，由日本再想回来。直到住进六户的这家招待所，我为自己的行动有点儿后悔起来。

如果用荒凉和拖沓来形容东营我想一点儿也不过分，我在车站雇了一辆轿车去我要去的地方，当时，我尚不知我要去的地方在六户，车子三转五转地跑上一条坑坑洼洼的柏油路时，我一直还把六户想成"六湖"什么美丽的样子。

路上，那个山东小伙子给我讲，这一带比较乱，夜里最好不要出来，我对他的话颇不以为然。我想象变仪的样子，想她讲的事，她最后一次给我写信时，说："我天天晚上等你电话。"这句话多少有点儿暧昧．就算我们是未见一面的朋友，她也大可不必天天等我的电话。一定是她的事不便讲给家人和周围的同学、朋友知道，她自己一个人无法承受这种压抑的心理，她对我讲，是因为她把我们的距离看作了一种安全。

我在六户那个招待所给变仪家挂电话，她妹妹的声音听起来异常快乐。我甚至想，今天不是什么节日吧！这对孤身在外的人是一个很敏感的问题。不是！今天是一个平常得不能再平常的日子，除了一个外地男子千里迢迢来看一个当地的女孩儿还算是为这片生活投入一点儿涟漪外，这里的一切并无异样。

变仪的妹妹问我："你从哪里来？"

我说："我从东北来。"

她说："你找我姐有事？"

我一下语塞。

我挂电话时，旁边的几个山东女孩儿饶有兴趣地看着我，她们似乎都和娈仪很熟，我放下电话时，她们当中的一个女孩儿还热情地给我介绍："从基地回来的车一会儿就到。"基地就是城里吧。我这么想，向她点头致谢，但她们很快笑成了一团。

我的房间在一楼，我的房门前积了一洼水，水是从我室内的卫生间里流出来的，卫生间的坐便旁垫了两块砖头。天渐渐黑下来，我靠在沙发里，朦胧夜色进入我的屋子。我拥在沙发里点燃一支烟，黑暗中我的烟像一朵红色的小花。

服务员敲门，问我晚餐吃什么。

我说："来一碟豆腐吧，再来一条鱼，鱼要红烧；再来一点儿酒，一点儿白酒和一瓶葡萄酒。"

我再次打电话给娈仪，这回她回来了，在我听来，她的声音比她的妹妹还要快乐。她让我等她，她马上就来，她家离这里不远，她可以抄一条更近的道步行过来。我放下电话去饭厅等她：这家招待所十分奇特，奇特之一就是饭厅几乎和房间一样多。我吃饭的饭厅就是在我房间的对过，我把门敞开，这样娈仪来了我一眼就能看见她。娈仪来了，她用在路上的时间比我想象的要多。她没注意坐在饭厅的我，而是站在我的房间外，背对着我，拢了拢头发，犹豫半天才举手叩门。

我坐在饭厅里没动。

恰好服务员送饭菜过来，她问："屋里人呢？"

服务员冲我努了努嘴。

她一下转过身来。

这是一个个子不高、身材丰满的女孩儿，眼睛细细的长长的，头发松散地披在肩上。她穿了一件单夹克，她手里拿了一本我编的刊物。

她羞涩地笑了，猛地低下头去。

我为自己的顽皮尴尬起来。

我说："特意加了一个菜，一起吃点儿吧。"

她拒绝。

她坐在我旁边的椅子上，用手弄着衣角。她笑眯眯的嘴唇抿起来，头是低着，但还有意地向左边歪一歪。她笑。从坐到我旁边的椅子上之后，就这么笑，我的身上不自在。

这顿饭寡淡无味。

我草草用了一点儿酒水，就带她到我的房间去了。我要拉灯，她突然用手制止了我。我一下慌张起来。这算什么呢，一个单身男子在自己的房间里接待一个可以说是陌生的女孩儿而这个女孩儿不让我开灯，这算什么呢?

我坚持拉亮了日光灯。

娈仪说："你实在要开灯的话，开一个壁灯吧。"说罢并不等我去做，她快速而准确地扭亮壁灯，转身又把日光灯关掉，然后一头扑进我的怀里。

这一切多么突然。

她带着哭腔说："你还是来了，你还是来了。"

她用头在我的胸前乱撞，手在我的后背轻轻地抚摸。

她说："你不知道的，就那么一次，我怀孕了，已经四个月了，我去了医院，医生说不能做了。我不能在这里待了，你带我走吧，我什么都能干，洗衣服，做饭，烧菜，我什么都能干，你看，你今天吃的鱼，忘了放酒了，我一闻就能闻出来。"

她又把我推坐在沙发上，她蹲在我的身边，她双手握着我的右手，不时地把脸颊贴在我的手背上。

她嘴里发出一种怪怪的叹息。

我想起一幅有趣的漫画，一个狗头咁脑的男子，腋下挟个公文包，一边走一边思忖：今天要是能遇上我老婆总怀疑我的那些事该多好！

我想起《追捕》，我小时候看过的一部日本电影。

娈仪说："我完了，完了。"

我真想拍着她的后背说："哪有个完呐。"

风把我身后的窗子鼓开了，似乎有人从窗下过。大概有人去上后院的厕所。我抽出手来，下意识地摸出烟卷，我一下一下地扣打火机，好不容易才把烟点着。

娈仪说："少吸烟嘛，对身体不好。"

我环视房内的氛围，壁灯的橘黄把一切都染得不甚清楚。

那个北京男孩儿来了。他长得什么样我不清楚。一定也是这个叫娈仪的女孩儿从什么地方弄到他的地址，然后通了信，再然后那个男孩儿就来了，像我一样是个已婚男人也不一定。来了也住这个房间，看那些服务员窃笑。他过黄河时是什么心情？他租一辆车，跑几十里路来了，两人见一面，该发生的发生了，不该发生的也发生了。

那个男孩儿也不知去向。

而我今天却真真实实地坐在这里。

我感到十分荒唐。

我说："你先起来。"

她撒娇地说："不。"

我只好径直地走到房门口，打开门，让服务员送一瓶水来。

我原来准备的许多话一句也说不出来了，我提出要送她回去，她突然笑逐颜开地说；"好啊。"就率先走到比房间还黑暗的走廊。入夜的六户没有行人，几盏路灯幽幽地亮着。我无法记起我的视线内有没有楼房，我听秋风在耳边哗哗流淌。

娈仪说："你亲我一下。"

我漠然。

娈仪说："吻我。"

见她双目合闭，朱唇微启，我突然感到我身边的一切变得不真实起来。我仿佛回到很久远以前，我在一片风中行走，我衣袂飘飘，无前无后。我的路上没有灰尘，只有一团团的清气在四周涌动。

我把一个叫娈仪的女孩儿放在一个名叫六户的地方的黑夜里。

在六户的一夜我睡得格外甜香。

风　铃

　　染房那边的路就弯弯曲曲了。他不知道这种现代化的大都市怎么还会有这样设备简陋的染房。他从染房边上过，一股坏鸡蛋的味儿满空气都是。染房的窗子一律开着，玻璃又脏又黑。

　　他看一摊一摊的污水被随便地泼在地上。

　　他想：转过那个楼角，阳光就会照到我的心里了。

　　一只小鸟从他头上飞过，他的头发几乎被鸟翅膀带来的风给吹拂起来。他的眼前就出现那个女孩儿的模样。那个女孩儿的乳房上有几颗小小的痣，看起来像谁随手撒上的几个米粒。

　　他亲那乳房。

　　她说："你像一只啄米的鸡。"

　　那天，他们从公共汽车上下来，一直步行着去不远处的一个精品店。他的口袋里只有十元钱，但女孩儿怯生生地说："你能送我一串风铃吗？那蓝花的，最小的那串。"

精品店的老板就用手触动了一下风铃。

风铃的声音一下很诗意。

"多少钱？"

"十五。"

他犹豫一下，装作很有经验的样子。他盯着老板说："十元。"

老板也犹豫一下。

老板笑了。说："好好，十元就十元。"

女孩儿得了风铃，脸上的笑容像春天里的花。女孩儿差点儿把头甜蜜在他的肩上，若不是路上行人太多，女孩儿会不会扑进他怀里也不好说。

女孩儿说："我第一次收到男人送我的礼物，而且，还是我喜欢的。"

他默不出声。

天下起雨来，他和女孩儿一跳一跳地躲进一家大商场。天一下很灰，云头压来低低的，雨却不大，沥沥地下着。许多年前，他还是个孩子的时候，就对雨有种特殊的喜好，他依在窗前，看雨伞一朵一朵地游移在街上。

他甚至感到，雨伞就是雨的情人，雨伞开合的亮丽和忧伤都可以使人寂寞起来。

"你想什么？"女孩儿问他。

他苦笑了一下。

雨小了一些，女孩儿就说："走吧，淋点儿雨怕什么呢。"

是呀，淋点儿雨怕什么。

女孩儿把大裙子的一角用手拎起来，她侧身一挤，就从雨檐儿下闪了出去。她另一只手举在头上，手心翻在上面，他看她的手像一片荷叶，几粒小雨滴欢快地跳到叶子里。

他弯下身想把裤脚卷起来，不知为什么，他突然不好意思起来，好像卷裤腿只是孩子的伎俩。他放慢自己的脚步，向街边的树影儿里走去。一颗大大的水珠从树上落下来，打进他的领口，令他的身上一凉。

他们一前一后地走着。

人似乎才发现他的手里拿着一本书。

他一直对温柔妥协。

他觉得这是一句很透彻的话。

"我们从公园里过去好吗？"女孩儿回过头说。

"好，吧。"他的声音突然很哑。

不一会儿，他们的身影就出现在公园的开阔地上。雨天的公园很静，空气也很清新。一下雨，城市里的树就要散发出一些苦涩的香味来。女孩儿说："我喜欢丁香的气味儿，一下雨，丁香的呼吸就特别急促。"

他觉得这句话很有趣。

他一下想给她说点儿什么。就说，那天夜里做了一个梦，梦见自己在三间有鬼的小房子上坐着，第一个房间是男鬼，第二个房间是一个男鬼和一个女鬼，第三个房间是一个女鬼。他好像要从这三个小房子上过，已经顺利地过了第一个，当时他正骑坐在第二个房间的顶部。房间的盖都是用板条疏疏落落地钉着。他坐在第二个房间的上边。下边的男鬼冷冷地瞧着他，而那个女鬼则一跳，把他拉了下去。

"后来呢？"女孩儿好奇地问。

"我啊啊大叫两声吓醒了。"他说。

女孩儿吟吟地笑着不语。

又突然地问："那第三个房间的女鬼在干什么？"

他想了想："不知道。"

"也许，也许第三个房间的女鬼要拉你下去，你就不会吓醒了。"说完女孩儿的脸红了。女孩儿一微笑，她的眉梢就有点儿上扬，眉梢牵动眼角一闪一闪的。他看了女孩儿一眼，这个印象就刻画在了心里，女孩儿的眉梢一扬，他的心就也随着动起来。

清凉的路面好像一种形式。

公园的小湖在雨点的追击下泛起无穷无尽的涟漪，他们从一座木桥上过，脚步踏上去，木桥吱吱呀呀地响着。这样的响声很让人怀旧。或者容易使人想起一些年代久远的故事。比如说，一座大宅子里的丫鬟爱上了少爷，而老爷又硬逼迫她嫁给年老体衰的乡绅，她无法接受这样的现实，也无法破坏自己用美丽和轻柔建立起来的一份关怀，于是，她投水自尽了，投在后花园的池塘里。人们从大桥踩过的声音吱吱呀呀的。

人投在水里的涟漪会比雨点大出许多？

他们自然而然地转下一条方石铺就的小路，往树木深密的地方去。有一种树叫椴树，字典里说："椴树，落叶乔木，花黄色或白色，果实球形或卵圆形。木材用途很广。树皮中纤维很多，可制造绳索。"

而现在他们就置身在一棵椴树下。

"这是什么树？"她问。

"椴树。"

他的脑子里就出现"树皮中纤维很多，可制造绳索"的话。

他眼前出现大量的蜜蜂，嗡嗡声把他的耳朵都塞满了。他知道这是幻觉，也是一种直觉经验。椴树蜜是蜂蜜中的上品：蜂蜜象征着甜美。

他的头昏错沉沉。

他环抱她的手失去了最后的力度。

他曾经这样。

他吻过她的小而薄的嘴唇，她的嘴唇很软，一吸就会有丝丝缕缕香甜的气息。她的牙白，白得刺眼。她的舌尖总是躲避他的侵袭，小心地向安全的地方蜷去。

他发现她的头上落了许多树花，他伸手去帮她捡。

捡去的树花又会被新落的树花代替。

只要你站在树下，捡去的树花又为新落的树花所代替！

他想，也许人们说的是对的，有些事情是无法认真地做到底。这是一种暗示。像公园栅栏外的车马一下喧哗起来，公园的寂静也就随之被打破了。

"走吗？"

"走吧。"

　　他替她整了整衣衫，弯身从椴树下穿过去。

　　上路了，路面潮湿如一种等待。

　　他们好像一下子就把身子带进黑夜里了。时间过得真快呀。他们在公园的门口分手，一个向东，一个向西。

　　他知道黑夜把她带走了，而她把什么都带走了。

　　他又陷落在染房的气息里，人们的每张脸都长满绿色的暗斑，一个孩子一跛一跛地往染房的玻璃上爬，一只壁虎和他的方向正好相反。

顺　生

　　晚上七点多钟，大哥从楼下上来，在屋里转了转，犹犹豫豫地问："麻一圈？"他刚刚学会打麻将，所以总想练手。被问的几个人都在各自忙着自己的事，妹在打毛衣，她马上要生孩子了，想在月子前把妹夫的毛衣赶出来。妹夫在看一本《育婴大全》，并饶有兴味地对岳母说着："济的情况和书上一样，很正常。"他哗哗啦啦地翻着书，书上的话使他很放心。老爷子忙睡觉，自从他得了轻度脑栓塞之后，睡觉成了他的一大爱好。

　　大哥问："麻一圈？"

　　老爷子先睁开眼．老爷子的爱好除了睡觉，恐怕还有麻将。所以儿子一提，他的困意一下子消失了。可他又觉得儿子的想法虽然正合他意，但在儿子面前应该把老爷子派摆足，他欠了欠身，又靠在那里，两只耳朵竖起来听动静。

大哥其实早已看出老爷子的心思，就笑着凑过来征求他的意见。

老爷子才慢慢地说；"那就玩一圈吧。"

妹放下手中的毛活，一边用手捶打着后腰，一边说；"一点儿也不愿意和你们玩，输了也不给钱。"

妹夫补充："可不是咋的。"

遂一个个聚到桌子旁，摆"风"，吊"庄"，哗哗啦啦地码起牌来。

老太太对家里的平和气氛一直比较满意，她虽然像儿媳一样不太喜欢麻将这种游戏，可对老爷子和儿女们的举动也不甚反感。她常对亲朋说："就俩孩子，结婚了一个找一个，一家生一个，才六个，不及别人一家生得多。"现在，大孙子已经五岁了，在一个不错的幼儿园上大班，六个孩子凑来了五个，还剩一个也马上就赶着凑来了。所以，家里一出现这种其乐融融的场面，她总是很安静地在一边忙活。她好像有忙不完的活，给孙子改裤子，做棉衣，缝被，用旧线衣给女儿未出世的孩子撕尿布，济见她撕布，就不无担心地说："肯定是个女孩儿。"

她就责备地说："男孩儿女孩儿都一样。"

妹夫马上接过话："那不行，你们家孙子、孙女儿都有了，我家咋办？生个儿子，肯定生个儿子。"

妹夫在飞机场工作，是地勤人员，每个月的工资虽不及空勤高，可和岁数差不多的小哥们儿比，那数目也十分可观。他非常知足，他的父亲是一个画匠，他们这个城里的大庙，都是他父亲给画的。父亲给庙上画画时，听了老师父的话，给他皈了依，法名叫什么觉，或者叫觉什么，辈分颇高。他有时陪陪岳母到庙上看看，一些白了眉毛的老和尚反而喊他师兄，他很不好意思地和人家打招呼，回答他们对父亲的问候。他每次都指着庙里房上的彩色给岳母讲，这是什么，那是什么，全不管岳母的一对老眼能否看得清。

几年前，岳母得了一场大病，病中信了佛，便也来庙里皈依。算一算，岳母比他还小一个辈分呢。岳母来庙上，庙上的主持一眼就看出她有慧根，说她家祖上有佛缘，岳母心头一惊，暗念果不其然。她年轻的时候，婆家的爷公公就信佛，常年供奉一尊铜佛。爷公公自知大限之日，走的时候是自己穿的衣服。

铜佛内有一颗金心。

后来，铜佛传到她公公的手上，公公便把那铜佛内的心挖出来换了赌资。岳母对他们说："家道越来越不好，一定和这有关。"

岳母信了佛，便从柜底把祖上传下来的那尊佛背西面东地供了，初一、十五吃花斋，香火日日不断。

大哥对母亲信佛的事不甚关心，一度还劝说母亲勿信这神呀鬼呀的。后来，从大嫂的学校传来一件事，他受了惊吓，遂对母亲的态度有所转变。大嫂在近郊的一所小学教书，学校有一个从外县调来的老师，春天的一日，老师突然来找大嫂，对她说她得罪了佛了，佛祖不时降临，让她领佛旨，忙这忙那，救民水火，消灾去难。大嫂就对她说："孩子半夜总闹，不知冲着什么了。"

那老师就掐指算了，说："没冲着什么，你儿子头上顶着佛呢，只是你们不知道，佛让我告诉你们。"

这事神秘分分的，大嫂就马上打电语对大哥说。

大哥心里也画魂。

大嫂说："她说今晚佛还来。"

大哥头皮就一炸。

是夜，两三点钟，孩子突然大哭，大嫂说："真来了。"

大哥的头皮悚悚发麻。

这一惊可不小，大哥的神经衰弱就犯了，夜夜神来鬼去，多半月不得安宁，精神委顿，气色不足，同事开玩笑说，"注意点儿身体。"他也不好解释什么，到医院开了镇脑宁，维生素A、B、C，安定一类的药，连吃了几日方渐渐好转。

大嫂单位的那个老师还要来家里看看，大哥说。"你可算了吧，再折腾，我这身子可散了。"

大嫂做了许多努力才把那个老师委婉地拒绝了。

大哥大嫂是高中同学，上学的时候就是同桌，桌子中间画杠，半真半假，打打闹闹地一同度过中学时代。毕业了，各自生活去了，却常常在一起玩。大哥处了一个对象，大嫂也处了一个对象，后来不知为什么两个人看好了，一商量就结了婚。他们和原先的朋友都像一句话说了半截，余下的半截不尴不尬地无法续说，都留了一段故事在岁月的底片上发黄。

大嫂在家行二，自小在外祖母身边长大，十几岁才到父母身边，这决定她脾气有些古怪，不太合群，心思重，又为人太实，心里的计谋，多半写在脸上。所以，她几乎没有朋友，也不交什么朋友，自己应付一份工作，勤勤恳恳，兢兢业业，早晨迎着太阳出去，晚上顶着星星回来。她带的班在学校都能由弱变强，由强更强，考试评分总在第一第二，很少再往后排，这些都是她脸上的光彩。可这也是忧烦的本源，落后的老师不必说了，般对般的老师也视她如眼中钉、肉中刺一样，不时在校长面前下点儿佐料，制造一点儿小事端，让平静的日子起点儿波澜。

大嫂回家就和大哥说。

大哥对这类事一笑了之，劝她："到哪儿都一样，退一步就忍了，走你自己的路，让别人说去。"

大嫂就一汪眼泪一汪水地说："我不干了，你给我调个工作吧，离家近点儿。"

大哥哪有那个本事，就一言不发地到一边看书去了。

大嫂的单位离家确实太远，单乘车就要一个多小时，冬天尤其遭罪，每年冬天大嫂的脚跟和耳朵都冻，双手紫萝卜似的。大哥心里也疼，也试图给大嫂往近处转转，可这年头哪办事不需要币子，这个奋斗七年才积攒了两千三百元钱的家难以支付这笔款项，事情一拖再拖。

对于大嫂的事，家里曾一度很着急，对这类事向来不关心的老爷子也为儿媳去求自己的一个堂弟，让他帮着把她调入一所子弟小学，可入这种效益好的子弟学校似乎比登天还难，老爷子的堂弟动用了一些关节，均因未能靠近关键环节而作罢。

夏天到了，大嫂的冻伤渐渐痊愈，对调工作的事也淡了，每天奔波着，除了吃饭，睡觉，想到街上新开的商店逛一逛成了少有时间购物的她的最紧要的奢求。她不再催大哥给她调动工作，偶尔还把一些成绩太差的孩子领到家里来补课，白吃白住不说，该操在自家孩子身上的心，又分一半给了学生，婆婆多少有些意见。

　　老太太有了意见，并不向儿媳提，而是转了弯子对儿子说："明天孩子自己接，我可不天天这么给你们跑。"

　　儿子心里就有了数。

　　自己接两天，等老太太过了劲儿，再以电话的形式把孩子交代给她。老太太唯恐自己的孙子接晚了受老师"白眼"，早早地出门，拿一个冰激凌在幼儿园的门口等着。幼儿园的铃声响过不久，孙子的小脑袋就会从人缝中挤过来，祖孙两个抱成一团，高高兴兴地回转。

　　老太太问："冰激凌好不好吃？"

　　孙子说；"没有虾条好吃。"

　　路旁就见了小卖店，于是一包虾条就到了孙子手里。

　　大哥工作忙。真忙。他在一家杂志社当记者，经常到外地采访，北京、上海、南京、广州、深圳，一年到头飞来飞去，挣的钱很少拿到家里，基本自己消费了。大哥除了给自己的杂志写东西，还能写点儿外稿，这笔稿费的数目不多也不少，一概全给大嫂。有时，一连三五张汇单到了大嫂的学校，多的二三百，少的四五十。有钱当然高兴，可更让大嫂滋润的是同事们羡慕的表情。取了钱，买一点儿瓜子、花生和大家分享，听听大家的恭维，虽知当不了真，但大面都过得去。

大哥坐飞机，正赶上妹夫当班，妹夫托空中小姐往上海捎点儿东西，知道大哥在机上，就对空中小姐指点，让多加照顾。飞机轰轰隆隆地飞到天上，一朵一朵的白云棉花山一样在飞机身下的清气中飘移。大哥想，从地面看云，云是在飘，而从高空向下看云，那云只能叫移。他确信自己的看法不会错，回来跟妹夫讲了。妹夫不好意思地说："在飞机场干这么多年，我还一次也没坐过飞机呢。"

妹说："啥也不是，连飞机也没坐过。"

妹夫说："那也比你强，你连飞机还没看过呢，飞机里边啥样你都不知道。"

大哥赶紧制止这种无意义的斗嘴。

老爷子在一旁发表议论，他对儿子说："飞机那玩意儿不保准儿，上不着天，下不着地，出了事跑都没地方跑。"

老太太马上白了老爷子一眼。

"他成天飞来飞去的，你没有个吉利话也罢了，乌鸦嘴。"话说出来，立即掩了口，因为"乌鸦嘴"是儿媳说儿子的口头禅，当婆婆的学了来骂公公让儿媳听了成什么事。

老爷子还辩："坐火车，还给国家省钱。"

儿媳正好上楼来，顺便接话："哪也没有家安全。"

大哥说："待在家里还地震呢。"

大嫂说："乌鸦嘴，你说不出一句好话。"

婆婆看小姑，小姑看看婆婆，忍不住大笑起来。大嫂给笑晕了，不知何故，问，也没人解释，自己也跟着笑，傻哈哈地笑成一团糊涂。

在这个家里，除了父母，妹妹上班最早，她上班时，大哥还在学校读书。妹到老爷子机关下属服务公司里当打字员，哒哒哒哒地敲了十年多。那台老打字机在她的手上像一个听话的孩子，你说什么，它做什么，竟不出一点儿错。妹成了公司的打字能手，常常有领导下来的材料十分着急的，她吃点儿苦，加两个班也就完成了，公司上下都挺喜欢她。

妹长得漂亮，就是个子矮点儿，人过了二十二岁，父母就坐不稳了，张罗着让她处对象。妹百精百灵的一个人，唯男女的事一点儿不在弦上，擀面杖吹火——一窍不通。先后处过两个，偏偏有一个自己看中，却不会说那恋爱的话，接吻拥抱更是愚钝，人家来拉她的手，她倒生气地跑回家来。

这样的事父母不便跟大哥说，又无法过分点化，白白跟她着了两年急。直到二十四岁上，才跟妹夫见面，妹夫那时当兵回来不久，分到飞机场上班，瘦瘦的个子，白净利落，两人见了，都觉得不错，渐处渐融，一年之后，便谈婚论嫁了。

妹出嫁那天，妹夫不知从什么地方弄来四辆老红旗。有红旗轿子不易，这倒好，一下来了四辆，前后楼的人都来看。同一天结婚的其他新娘觉得坐劳斯莱斯、卡迪拉克、宝马也不及这气派，那红旗轿子庄庄重重的，真神气哩！

妹出嫁了，老太太没哭，大哥倒一边落了泪，他们兄妹自小感情好，妹出嫁了，大哥心里不知怎么有些失落。大嫂说他，妹又不是住得多远，就在咱楼上。到时天天见，怕烦还来不及呢。

这是哄他的话。

大哥家和老爷子家住楼上楼下，大哥一居室。老爷子三居室，上下隔一层楼，多了许多方便。

原来大哥家住得远，后来和人调换了，从个清静的地方到这前有公园后有市场的小区来。公园乐了儿子，市场乐了媳妇，唯他自己觉得太闹。刚来时，终夜难眠，靠着枕头一根一根地吸烟，后来惯了，早上没有早市的叫卖声反而睡不好觉了，自己想想也好笑。

老爷子没病时，是个不大不小的处级干部。如今中国处级干部多如牛毛，这是一个大权弄不了，小实惠不少捞的级别。老爷子在单位，也管三十几号人，该受的尊敬受了，该生的气也生了，现在退休了，反而自在起来，除了睡觉，他也搬个凳子扎到老人堆里，看人家打牌，看人家下棋。几月下来，熟了，也参与进去。有时，大哥下班早了，从那有阳光的墙根下过，一眼就能看见父亲白了半边头发，双手托腮，在那里冥思苦想。

人生真快呀。

晚上，妹和妹夫下楼来找，说是出去吃羊肉串，团两个纸阄儿，一个写请，一个写不请，然后两家轮流来抓，抓了请的，就请客，抓了不请的就白吃。四个大人一个孩子，加上妹肚里怀的，六个人围住一个炉子，吃得嘴巴油渍渍的。

大哥和妹夫喝一点儿白酒，各谈自己单位的事，发发牢骚，骂骂娘，也说些得意的事，一顿饭十分香。

妹夫说："要给济调个工作，济今天拿了大专毕业证，可以从大集体转成干部。"

大哥说："不是不给转吗？"

妹夫说："咱爸不当处长了，事就难了，人走茶凉。"

大哥说："都这样。"

妹刚工作时，只解决了一个大集体，她自己参加成人高考，白天黑夜地学了三年，本来能转干，可就遇到了阻力。

大哥说："调个工作也难，你嫂子张罗多长时间了。"

妹夫说："也是。"

大家就沉默一会儿。

大人不说话了，却管不住孩子。孩子问济："姑姑，你肚里是男孩儿是女孩儿？"不等妹说话，妹夫先抢过来："小弟弟，是小弟弟。"

周围吃串儿的人都回过头来看，觉得这几个人有趣。

大哥出差去杭州，在灵隐寺给老太太请了一本《六祖坛经》，老太太看不懂，就让大哥给她讲。大哥对佛经也不甚了了，就把自己知道的几段公案讲给母亲。

讲六祖慧能在法性寺的事。

讲风把寺外旗杆上的长幡吹动了，一个和尚说："是风动。"

一个和尚说："是幡动。"

说风动的分辩："无风幡不动。"

另一个也说："无幡怎么知道风动。"

类似这样的禅的故事多了，只要大哥讲，老太太就认真地听，还找了一个本子记上，去庙的时候，也讲给别人，说是功德。她还把一些劝善的歌词让大哥帮她复印，一份一份地散发了，给那些她认识或不认识的人。

转眼落雪了，是北方的冬天。

老人都在家里猫冬了，没人出去玩了，老爷子也就日日在床上慵睡。他的脑子有病，总这样睡不好，大家着起急来，劝他。不听，又不能硬拉他。恰这时，老家来人送信，说杀猪了，让老爷子回去吃血肠。这说到老爷子心上，他的爱好除了睡觉，打麻将，还爱吃血肠。往年上班，忙，脱不开身，这会无官一身轻了，就想回老家住几日，家人当然支持，商量定下，由大哥去送。

老太太也去。

正好大哥有几天空闲，就动身了。

老家并不远，火车不过一个多小时的路程。一下车，就有侄子、外甥们赶了马车来接。雪把天地都映白了，阳光也灿烂。老爷子在大哥的搀扶下上了车，闲闲地说了一句："瑞雪兆丰年啊！"

老太太也生了感慨，脸上恍然得什么似的。

马车向乡下去了，火车一声鸣叫又驶向前。大哥穿着新洗干净的鸭绒大衣跟在马车后快走，影子越来越小，直直地消失在远处的林带里。

生　日

　　倒春寒。树虽然都绿了，但晨风依然有些料峭。

　　出了医院的大门，她不禁后退了一步，用力裹了裹衣服，然后，向着不远处的小吃摊走去。一根油条，一碗豆浆，一块六毛钱。她交出去两个一元的纸币，收回来四个一角的硬币。

　　她对小吃摊的服务员笑了笑，说："麻烦你，再给加一点儿糖吧。"

　　服务员也笑一笑，点点头。

　　她丈夫喜欢甜食，平时喝豆浆的时候，都喜欢比别人多加一勺糖。

　　她拎着油条和豆浆往回走，恰好遇上邻床的陪护，那女人见了她，埋怨说："快回去吧，你家那位要打针了，你也真是的，非得自己下来，和我说一声，给你捎上去不就得了。"

她说："谢谢，太麻烦了。"

丈夫要吃的油条不能太脆，需要凉一凉，那样的油条发软，盐味儿能吃出来，吃起来也有筋道。

医院有一股消毒水味儿，这让她刚刚清醒的大脑又昏沉起来。

丈夫昨天夜里起了两次夜，第二次下地时，他的动作很轻，但她还是听到了，听到了，就从旁边的行军床上爬起来，轻手轻脚地随在他身后。丈夫要制止她。她冲丈夫摆了摆手，示意他不要惊扰了别人。走廊里的灯发出清幽的光，任何一点儿声响都会沿着这深夜的通道传出很远很远。

就这样，总处于半梦半魇间，几天下来，人就消瘦了一圈。

回到病房，丈夫已经起来了，坐在床边，望着窗外出神。清洁工在擦地，窗子被她大大地打开了。她放下手里的东西，赶紧把被子帮丈夫围上，清洁工看见她的举动，有些不好意思，赶紧越过一片湿漉漉的地板，把窗子重新关好。

她也歉意地一笑，说："没关系。"

清洁工说："换换空气。"

她点头。

清洁工刚一出去，她就把豆浆倒进事先准备好的玻璃碗里，又用塑料口袋包着手，把油条撕碎，放进豆浆中，放了几块，就停了下来，从抽屉里翻出消毒湿巾，帮丈夫把手擦净。

"吃吧，一会儿该凉了。"

"你也吃吧。"

"我刚才在楼下吃过了。"

丈夫颤抖着双手，捧起那碗，满满地喝了一口。

吃完饭不一会儿，护士推着车子进来了，唤着丈夫的名字，站在他俩中间。她急忙安顿丈夫靠在枕头上，又用被子盖住他的脚和腿，然后，才撤到一边，看护士熟练地为丈夫挂上吊瓶。

"还有一瓶。"护士说。

"知道。"她回答。

她随在护士的身后出了门，去水房把碗和筷子洗干净，同时，打了一暖瓶开水，快步返回到丈夫身边。

为丈夫沏上一杯淡茶，然后问："想上厕所吗？"

丈夫摇摇头。

她说："那我先回去了。"

丈夫又点点头。

这时，邻床的陪护回来了，她说："麻烦您帮着照应一下，我回家去一趟。"

陪护是一个爽快人，她热心，一边把手里的东西放下，一边说："放心，你快去吧，有我呢。"

她转回身，又替丈夫往上拉一拉被子，才拿起包，匆匆地出去。

家离医院不远，十几分钟就到了。她一进屋，第一件事是上厕所，多年养成了这么一个怪毛病，在外边上不了厕所，只有回到家里才行。她也感到烦琐，但没有办法。上完厕所，顺便洗手洗脸，对着镜子，把头发梳得整整齐齐，鬓边有一缕头发滑下来，梳了几次都没有梳上去，最后没有办法，在床边的抽屉里找出一个老式的发卡，把那缕头发稳稳地卡在耳后。

昨天夜里定的时，电饭锅里的二米粥已经好了。她找出保温饭盒，满满地盛了四勺，盖上隔层，又从碗柜里拿出瘦肉丝炒芥菜丝，夹了两筷子，放在隔层上，然后，把饭盒盖盖好，又匆匆地离开家门。

打车，奔另一家医院。

儿子也病了，在这家医院里。本来，要把儿子和丈夫安排在同一个医院，可治疗这父子俩的权威不在一个医院里，思虑再三，只有这么辛苦自己。她想：辛苦点儿又有什么呢？只要他们的病快点儿好起来。这样一想，心里有了希望似的，胸口的闷气一下子就散了。闷气散了，力量就上来了，满身的血脉丝丝缕缕地张开了，痒痒地爬遍全身。

春天来了，虽然突然降温，但街边的几棵耐不住性子的花树，早已嘟嘟串串地闹春了，那一树的繁花，在春风里不停地摆动着灿烂的笑脸，好像在鼓励她，告诉她，生命的力量是任何的寒冷都压制不住的。

她自己对着自己微笑了一下，眼角浸出一滴泪来。

她尽量保持自己的微笑，一直到进入儿子的病房。

"儿子，怎么样，好点儿了吗？"

"好多了，我爸也好多了吧？"

"嗯。"

她坐在儿子的病床边，情不自禁地伸出手去，在他的头上抚摸了一番。

邻床的人说："你这儿子，几十岁的人了，对你可是依赖呢，昨天夜里做梦时还叫妈妈呢。"

听了这话，她幸福地笑了。

她把饭盒打开，问儿子："洗脸了吗？"

儿子说："洗了。"

她拉过儿子的手看了看，放心地说："快吃吧，还热乎呢。"

"妈，你吃了吗？"

"吃了，你快吃吧。"

趁着儿子吃饭的工夫，她去水房把儿子的毛巾洗了一遍，洗干净，冲着阳光抖一抖，好像这样一来，那毛巾的上边就会沾染上太阳的味道。

天气好的时候，她习惯晒被子。

那时，儿子每每都会抱着被子说："我喜欢太阳的味道。"

太阳的味道？她伏在被子上闻一闻，哈哈，太阳的味道真是香甜啊，自己以前怎么就没有注意到呢？

回到房间，儿子正好吃完饭。她又一次回到水房，要把饭盒洗好。饭盒里有儿子吃剩的粥，她就那么站在走廊，把粥一点儿一点儿地喝掉了。肚子里了食物，身上的热也就来了。她下意识地提提精神，接着去干自己的活计。

再回到房间，发现儿子床边的小桌上，放着一个大大的本子，上边密密麻麻地写满了字，就心疼地说："不写了，等病好了再写也不迟啊。"

儿子没有回答她的话，却反问道："妈，我要的书你给我带来了吗？"

她忽然想起什么似的，一连声地说："带来了，带来了。"说着，从包里拿出一本精装书，递到儿子手里。

这边的护士也来挂针了，她赶紧把床边的空地让开。

她问儿子："中午想吃什么？"

儿子说："吃土豆辣椒酱吧。"

"行。"

她抬起手腕，看了看表，说："我得回去了，一会儿我再来。"

儿子说："说是那么说，我爸那边要是忙不开，你就不要来回跑了，中午我可以买盒饭。"

她摇着头，说："不行，医院的饭不卫生。"

儿子说："一样，大家不都在吃吗？"

她说："你等我吧。"

儿子不再和她争执。

走到医院楼下，她给丈夫打了一个电话，知道他那边第二个吊瓶挂上了，而且，他在邻床陪护的帮助下，已经上过了厕所，这才放下心来，并长长地舒出一口气。

她回到家里，洗净了手，马上开始削土豆，四个，丈夫两个，儿子两个。儿子喜欢吃土豆酱一定是受丈夫的遗传，儿子的要求，让她省了很多时间。不然的话，她还要为丈夫单做一道菜。病人嘛，口味很重要，一定要让他们吃好，这样才能有利于他们病体的康复。

她煮了一捧芸豆，用电磁炉，二十分钟，芸豆八分熟了，她开始淘米，做了一锅豆饭。豆饭就土豆辣椒酱，他们吃起来会很舒服。

她做着饭，心里荡漾着自豪。

又二十多分钟，饭菜都好了，她分别装了饭盒，换了一身清爽一点儿的衣服，前往离家较近的医院。丈夫在那里，他们已经三个多小时未见面了。

中午，阳光充足，气温已升了起来。

她到医院的时候，丈夫已经挂完了吊瓶。正自己换茶叶，见到她，开心地笑了，问："中午吃什么？"

她打起精神，说："你猜？"

丈夫想了想，摇头不语。

她说："你和儿子都爱吃的。"

这时，她看见，丈夫的嘴角动了一下。

她想：正咽口水呢。

丈夫果然在咽口水，说："我知道了，豆饭土豆酱。"

她用力地点点头。

丈夫胃口大开，这让她十分欣慰。

她说："吃完之后，自己洗碗吧，我去给儿子送饭。"

丈夫突然不语。

她连忙说："你不用担心，我问过大夫了，大夫说，儿子再过两天就可以出院了。"停顿一下，又说："儿子说了，他一出院，就来看你。"

丈夫喝了一口水，说："苦了你了。"

她说："苦啥，你快点儿好起来我就不苦了。"

丈夫叹了一口气。

她说："不是说好了，不许叹气吗？"

丈夫说："我想出去走走。"

她说："先睡一会儿吧，我送了饭就回来，然后，陪你一起散步。"

丈夫顺从地躺下身子。

她要走，丈夫又坐起来，叫住她，把一瓶"营养快线"递给她，说："我知道，你没吃东西呢。"

她说："吃了，吃了，真的吃了。"

丈夫说："把这个带上吧，我刚才下楼买的。"

她接过那个漂亮的瓶子，放进包里，说："路上喝，你快睡吧。"

丈夫放了心似的，重新躺下。

从儿子那里回来，她遇上了一个卖茶叶蛋的老太太，老太太推了一辆小车，车上坐着炉子，炉子上是一个大铝锅，腾腾地冒着热气。她猛然想起来，今天是自己的生日。她叫住那个老太太，用口袋里的四个一角硬币，又加上一个一元的纸币，买了两个茶蛋。她坐在路边，打开那瓶丈夫为她买的"营养快线"，把两个茶蛋吃了下去。

其实，那茶蛋她只吃了一个半，最后一个吃掉一半的时候，不可遏制的倦意突然袭来，她竟然依着身边的树干睡着了，这一睡，时间以一分钟一步的速度在她面前整整走了一百二十步，第一百二十一步尚未落下，黄昏的风就把她吹醒了。

醒了，打了一个冷战。

浑身都凉透了。

她看看表，又看看天，再看看身边行色不定的各色人等，用手支撑身下的石阶，挣扎着站起身来。

她去菜市场。买了小葱、香菜、小白菜、小萝卜，又买了两袋酱，然后，转到面食摊，买了四个馒头。她买馒头的时候，向卖主多要了个塑料袋，去市场旁边的一个网吧，借用那里的水池子，把小菜一样一样地洗干净。洗干净了，分为两份，一份给儿子，一份给丈夫和自己。

她步行到儿子那里，把晚餐放下，嘱咐儿子早点儿休息，不要再透支自己的身体。之后，她给丈夫打电话，告诉他不要着急，自己马上回去。

丈夫问："儿子那边有什么问题吗？"

她说："没有，没有，我下午的时候回家睡了一觉。"

……

夜里九点的时候，她去了丈夫所住医院的处置室，让护士给挂吊瓶，三天了，她有一点儿发烧，刚才，背着丈夫量一量体温，三十七度八，不低。

护士说："早一点儿挂就好了，何苦挨到现在。"

她笑一下，说："以为吃点儿药可以顶过去。"

护士说："和我妈一样，真犟。"

她说："顶一顶就过去了。"

护士一边给她扎针，一边问："阿姨，您今年多大年纪了？"

她突然一愣，很快说："七十了。"

护士说："比我妈还大六岁呢。"

她说："人老了，不中用了。"

护士没有再说话，只是打针的时候，那手非常温柔……

水　草

三十年前的事不好讲，但讲起来总会生出一些感慨。

三十年前常去仙境湖边玩耍，和几个年岁相仿的同学或儿时伙伴。一大早，骑上自行车，走二十多公里的沙石路——屁股常被颠得生疼，但兴趣一点儿也不会减少——再穿过一大片绿汪汪的蔬菜地，顺便偷了西红柿和黄瓜，作为中午的佐餐——之后，疯狂地叫着，进入大自然宁静的怀抱。

为什么总会想到"宁静"这个词呢？

也许，从始至终，我们真实生活的世界太过喧闹吧？

"去游泳吧？"有人提议。

没有人应答，只是脱了身上的衣服，小鸟一样地往湖里跑。

镜面一样的湖水被赤条条的身子划破了，浪花溅起的小水滴凝成晶莹剔透的珍珠。

快乐啊！没有一点儿心事的少年时光。

没有心事的时光是快乐的。

可是，有了心事的时光是否可以被称作"甜蜜的忧伤"呢？

应该是可以的吧！

那年夏天，所有的玩伴们都习惯在游泳的时候，游到湖的对岸去，他们更喜欢称这种行为为"横游"。对于他们来说，"横游"是一种壮举。这种壮举使他们一律都有了长大成人的感觉。

"长毛了吗？那个地方？"他们问。

我还没有。

于是，他们一律指着自己的下处，十分吃自豪地说："这里，你看，这里！"

他们那里真的长出了细长的绒毛。

他们欢呼着，往深水区去了。而我，因为还不具备这样的资格，被留在原地——他们称之为"浅水区"——看衣服。

我大半个身子站在水里，一瞬间心里有点儿寂寞。

想起外祖母讲的一个故事——

说在水中淹死的人会变成水莽鬼，白天，在路边搭一个茶棚，卖用水莽草做成的茶，谁喝了那茶，不久就会死去，而给他茶的那个水莽鬼就可以投生了。

这样想来，四周的山就变得阒静，连身下的水也变得冰凉起来。

已经是大下午了，玩伴们大概已经游到了对岸，正躺在岸边的草丛中休息。一般都会是这样，他们休息过来了，再一起游回来，等到再见到他们，天就接近黄昏了。

夕阳西下，水面尽是粼粼的波光。

一个人往岸上走，希望远离湖水。

就在这时，忽听身后有"啪啪"的响声，似乎有人在拍水，难道是他们回来了，还是……

心和身体都缩成了一团。

回头去看，见到水面上飘着长长的黑发，一只女孩儿的白皙的手在努力地划水，显然，她溺水了，她的姿态完全是无望的挣扎。

本来要跑，却听见她呛水的声音。

水莽鬼是不会呛水的吧？

这么说来，一定的人喽。

急忙游过去，伸手拉住她的头发，很顺利地把她拉到岸上。虽然顺利，却也疲惫得不行。

女孩儿在咳嗽，她竟然没穿衣服。

"怎么会在水里？"

"想当水草。"

"水莽草？"

"也许吧！叫不上名字，总之想当水草。"

看女孩儿的年纪，和自己相仿，也就十三四岁的样子，身体还没有完全发育，所以羞耻感还不是那么强烈。但也不是没有，她抓了一件衣服披在自己身上。

巧得很，那件衣服竟是我的。

"为什么不穿衣服？"

"水草不穿衣服。"

"就这样光着来的？"

"当然不是。"

女孩儿又是一阵咳嗽，然后，才用手攥住头发，把发间的水挤下来。

她指着远处有芦苇的地方，说："衣服在苇子上，帮我取来。"

我没有说话，按着她指的方向，快速跑去。

跑了大约二百米，果然在苇子上看见了衣服和裙子，伸手抓来，又快速地折转。

这时，才意识到，自己也没穿衣服，尴尬地站在那里，像在等待她的指令。她没有什么指令，只是拿了自己的衣裙，转身换上。

她换衣服的时候，我也赶紧穿上短裤。

都穿好了，复又坐在堤坝上。

"从城里边来的？"她问。

"是。"

"知识分子家的？"

"是。"

"真好。"

不知道她所说的"真好"是什么意思，但听了之后心里很舒坦，好像得到了认可一般。于是多说了几句，说自己家在城南，城南是大学区，父母都在学校里教书。

她又说："真好。"

我也说："真好。"

之后，就是长时间的沉默。

山风掠过，天空有飞鸟下翔的痕迹，紧接着，水面荡起层层涟漪，再接着，湖的中心地带传来伙伴们的说话声。

她站起来，看样子要走。

我突然有些不知所措。

她说："谢谢你，救了我。"

我只是愣愣地看着她。

她说："我要回去了，天就要黑了。"

我抬头看天。

她说："长大了，可以考虑嫁给你。"

我的脸一下子羞红了。

她笑了，笑得那么纯真，那么美丽。

……

这是梦幻一般的相遇，却难以像梦幻一般消失。一个想做水草的女孩儿，有着黑黑的长发和白皙的手，后来想起，她说话的声音也是那么好听。

不知道姓名，不知道住址。

只留有一个不是承诺的"承诺"。

在以后几十年的时间里，我沉寂在自己的少年情境里难以自拔，我养成了一个无法更改的习惯——喜欢蹲在水里憋气。

起初，只是洗脸的时候，把头扎在水盆里，一直憋着，不肯出来。后来，可以在里边睁开眼睛了，水盆里真的出现了绿莹莹的水草，既茂盛，又鲜亮。

　　水盆里，水缸里，最多的时候是在湖水里。

　　我简直痴迷了，做水草的感觉真的很美妙。

　　不呼吸的时候，人是透明的。

　　我无数次去过仙境湖，但再也没有遇见过那个女孩儿，有时，我就那么蹲在湖水里，随着波浪轻轻地摇晃。我以为她就在我身边，一定在我的身边，我们是两株普通的水草，却不为外人所知，但内心里非常甜蜜而幸福。

小　写　意

苏州，水一样的城市。

我想，那年的事如果进一步发展下去会是什么样呢？那个女孩儿对我说："我姓孟，孟子的孟。"然后，电梯瞬间关闭，急速下降。电梯瞬间关闭，可那条把"孟"越变越窄的缝隙却在记忆中定格，把一场梦一样的爱情故事变得源远流长。

苏州离上海那么近。

我因为单位的组稿任务，星夜飞往上海。上海的消息说，不日将有一个日本作家代表团访沪，和上海的作家们进行讨论和交流。我不想放弃这样一次机会，就搭乘一架小型客机直抵上海。是晚上，繁华的东方都市让我又动荡又安详。

张爱玲。

我想起这个把旧上海的爱情故事描绘得错落有致的作家。

我的口袋有一本她写的小说集。

后来孟对我说，她特别喜欢这本把爱情变得美好又忧伤的小说集。

每次到上海都住到单位的办事处里，这次是一个例外。从机场往市里飞奔的路上，我在心里盘算很久，最后决定住到作家协会的附近。出租车离开大道，在上海背街的小马路曲折前行。高大的梧桐把昏黄路灯的碎影很艺术地铺在路面上，某个从出租车前一闪而过的单衫薄履的上海女孩儿像跳着舞的精灵。

精灵？

对！一点儿不错！精灵！！

当出租车停在一家小宾馆门口时，我习惯性仰头，看见三楼窗口向下俯视的长发女孩儿像个精灵。

灯光的效果。装饰灯很亮，把长发女孩儿的衣服映得像墨水一样蓝。

这是后来的事了，我问她："你叫什么？"

她嫣然一笑，然后说："我姓孟，孟子的孟！"

我也笑了，不知往下再说什么。

很多事情的发展符合想象，那天，我从总台拿到房卡时，心怦然一动。306。我的眼前闪过那个险些被自己忘记的长发精灵。

我们的对话是从楼梯开始的！

我不知道我为什么要放弃电梯，而选择步行上楼。也许是古旧的木质楼梯带给我一缕温暖而腐朽的幻想，也许，我预感到了楼道上的这一次必然的撞击。

我是说，孟一下撞进我的怀里，把那本张爱玲的小说集都碰掉了。

　　我上到二楼转角的时候，服务台的电话铃骤然鸣叫，紧接着从三楼传来奔跑的脚步声。还不等我反应过来，一个白色的影子已经满满地跌进我的怀里。

　　一声惊叫。

　　事后想起，满怀的娇羞。

　　白色影子撞入我的怀里时，我本能地侧了一下身，影子有点儿倾抖，我被死死地靠牢在扶手上。

　　一缕幽香荡入鼻息。

　　那个影子热。有点儿潮湿。

　　我们从尴尬中退离出来时，我看清女孩儿满月一样赤红的脸。漂亮。

　　电话铃骤然响起，又骤然消失，好像专门为这次意外而陌生的邂逅系一个美丽的心结。我说过，张爱玲的书掉在地上了，它横坐在楼梯上，像个穿开叉很长的碎花旗袍的女孩儿。

　　"对不起。"撞我的女孩儿说。

　　"没关系。"我弯腰拾书，而此时，女孩儿的手已经和书吻合。

　　"你也喜欢张爱玲？"她问。

　　我点了点头。

　　"您住几楼？"

　　"306。"

女孩儿再没说什么，兀自前行，手里拿着那本张爱玲的小说。我就知道，她是负责二、三楼层的服务员。

这一夜，上海起风了。

这一夜，我睡得很沉。清晨，风把窗子吹开了，我才从梦境中悠然醒来。阳光那么早，已爬到我的床脚上。我去厕所，遇见长发圆脸的女孩儿，我笑了笑，一脸慵懒。女孩儿也笑了笑，说："你的书还在我那儿呢，今天我休息，借我看看好吗？"

不等我说话，她已经和赶上她的同伴下楼了。

她的手里拿着饭盒，看来是去吃早餐。

上海的朋友打电话过来，说日本代表团的飞机在南京落，他们第二站在苏州，最后一站才是上海，他问我："你还在上海等吗？"

我犹豫了一下说："我去苏州等。"

我喜欢苏州胜于上海。

日程一下变得轻松，我的心情也格外好。

用冷水洗脸，收拾床铺，然后决定在小宾馆里写字、看书。

我正在写一部有关童年生活的小说，工作的闲暇使我有时间修饰它。这是一部和死亡有关的小说，满纸弥漫着淡淡的忧伤。

我本来格外好的心情因为我的文字也变得有点儿淡淡的忧伤！

吃午饭的时候，我在食堂找了一个临窗的位子，因为下楼晚了，偌大的一间房子只有不多的几个客人。我要了一瓶啤酒。我觉得这样好，安静，自己和自己也相距遥远。我在自己的时间隧道里散步，捡拾细碎的岁月斑痕。

啤酒也由一瓶变为两瓶，两瓶变为三瓶。

当我要第四瓶啤酒的时候，服务员走到我的桌边，小声说："别喝了，下班了。"

熟悉的声音！

是她。

她坐到我的对面，说她和我一样，饭吃晚了，下来晚了，是因为在读张爱玲的小说，她问我："你怎么也下来晚了？"

我没出声音。

我不会说话了。我心里清楚，又醉了。

只记得她陪我回了房间，我歪在床上，以后的事就不知道了。

酒完全醒时，天已经傍晚了，我一下从床上坐起来，身上的线毯滑落到地上。我是一个敏感的人，线毯的滑落让我感觉非常温馨。这个我到现在还不知名字的女孩儿没有走，坐在书桌旁。她照顾了我，同时，也阅读了我的手稿。

见我醒了，她就站起身来，说："你出汗了。"

她说："我看你写的小说了。"

停顿一下，又说："写得真好。"

又停顿一下，说："我喜欢！"

我们之间的距离变得很近很近。

我提议请她吃晚饭，她醒悟似的说："我已经违反规定了，平时，我们服务员是不允许进入客人的房间的，更不能和客人吃饭！"

她一下惊慌起来。

我说："没事的，我可以向你们经理解释。"

她连连摆手："算了，算了，趁人没发现，我逃掉算了。"

她的神情那么可爱。

为了协助她快点儿逃掉，我竖起一只手指，放在嘴边，长长地"嘘"了一声。我故意放慢脚步，轻轻打开房间门，左右看看走廊无人，夸张地冲她挥了挥手。

她逃掉了！

我看了一下她的房间是：301。

我一下变得智慧而从容，我从小宾馆的《服务指南》上找到总机号码，把它抄在一张纸上，然后穿好外衣，飞一样到外边。转角，转角，转角。夜街像一条美丽的银环蛇。我给她打电话，先打总机，然后转301房间。我是她哥哥，从外地赶来看她，希望她可以出来接我。

她忍不住咯咯地笑了。

我们在一家小酒店里见面了，她没有刻意地打扮。她把衬衫扎在裤子里，这使她的胸很高，这是唯一的变化。

我们在一起谈了很久，谁都不肯停下。

……

终于，她说："我们跑不过时间。"

我知道，夜已经很深了。

我探了一下身，我发誓，我的大脑没有让我探身，但我探了一下身，食指正好勾住她的小指，像触摸一片绢。我说："我原本想吻你了。"

她笑了。

她什么也没说。

我们的手指细腻地摩擦着分开了。

上海的夜啊，让人的心微微发酸。

然后是分别。

第三天，我起得很早，由于睡得很晚，我的头很疼，我没注意到服务台上有人存在，我背对着那里，等候电梯，我不知道我为什么选择电梯？电梯来了，我进去。这时，那个女孩儿对我说："我姓孟，孟子的孟。"然后，电梯瞬间关闭。

我不知道我为什么要喊："我去苏州！"

如果我不喊。

如果我重新返回三楼。

如果我不是那么决然。

那么，这个故事的结尾就不会在苏州了。

苏州，水一样的城市，小巧而美妙。我住在南园，我的心情因为工作的忙碌而恢复平静，我没有见到那个所谓的日本作家代表团。南京的消息说，他们推迟了这次访问的时间，我的行动变成了一次没有子弹的实弹演习。

我在苏州拜见了两位国内知名的作家，他们都在创作新的长篇小说。

拜见是件相对麻烦的事，所以，烦恼的同时我也感到少有的充实。

　　那天，我和一位作家吃过饭，返回南园，总台的服务生礼貌地叫住我："先生，一位姓孟的小姐让我把这个交给你。"

　　我吃了一惊。

　　我问服务生："人呢？"

　　他说："早走掉了。"

　　他交给我的是那本张爱玲的小说。

一个城市中互无关联的六个故事

炎　　夏

这就是那个夏天发生的事。

一个女孩儿穿着蓝色的连衣裙从办公室五楼的窗口跳了下去。

当时楼下站着两个警察，他们一边指挥交通，一边看着天空。也许天气太热的缘故，他们脸上的汗珠把阳光刺得很亮很亮。他们抬头看看天，然后说："真不容易，飘来一朵云。"

其实那不是云。

是那个女孩儿从楼上跳了下来。她降落得很慢，甚至还像风筝一样在天空飘荡了一会儿。她的裙子给风抬起来，里边的底裤显露无遗。

我坐在沙发上，探出一只脚鼓捣电视，希望找到一个有趣一点儿的台。我对妻子说："我总觉得我的思想在移动。"

　　妻子连正眼看我也不看，直截了当地回敬了我一声："有病。"

　　我不知道是她有病还是我有病。

　　我很快就被一个裹脚剧吸引进去，那里边说：一个女孩儿，到了一个新的单位（注：这个女孩儿是学中文的），她觉得他们的编辑部主任很像她大学时期的男友，他风流倜傥，潇洒大方，文采飞扬，幽默风趣。总之，她认为她倾心的男人不错。

　　可是，无论她怎么调动自己，都始终没有情绪。

　　那怎么办呢？

　　她不甘心。

　　于是，在一次酒会上，她逼着自己喝了三杯白酒，然后，佯装要去卫生间。这种设计不太精巧，可谁也无法阻挡有人一拍即合。在走廊的转角处，灯光昏暗，她猛地转身，一把把她的主任抱在了怀里。像一个勇猛的男人。

　　广告。

　　裹脚剧演到这里就开始插播广告。

　　我感到无聊至极。

　　我就开始回忆那天下午我在单位看到的事，我百思不得其解。那天下午，净化水公司派人来送水，他们的水现在变得越来越混，而且有杂质。我质问他们，他们解释说，这些变化都是水中的矿物质所致。

说完，他们就走了。

我感觉自己有点儿生气，想一想，实在没有必要一个人和一群人计较。我知道单位的顶楼还有一群人在和暴雨做顽强的斗争，他们把房盖揭开，再盖上，再揭开，再盖上，可依旧无法阻挡雨水侵袭到屋子里来。

我坐的地方就很潮湿。

地板上像生了许多脚。

我们单位的屋子很大，有一百多平方米，中间用花架随便地隔成几个小房间，花架的空隙很大，房间与房间之间根本没有隐私。

我这样想。

我偶尔侧过头去，看坐在我隔壁房间的一男一女，我知道他们之间的关系有点儿暧昧，所以，我在一般的情况下，严禁自己向他们那边张望。人的窥视心理是无法扼制的。我深刻地知道这一点。好在我工作的单位实行弹性坐班制，所以，我完全有理由使自己变得纯粹和高尚一点儿。

这一次和上几次完全相同。

我看他们的时候，他们正相视而笑，他们的脚互相上下地搭在一起。

我的嗓子很痒。

我告诫自己不能咳出来，就随便地把桌子上的东西塞进包里，快速地离开了办公室。关门的时候，由于有风，我的手没有握住门把，风把门狠狠地关上，砰的一声，楼板随之震颤。

我逃也似的跑下楼。

后来，我就听见有人喊："快看！快看！"

我抬起头，天空蔚蓝蔚蓝，什么也没有。

一个女孩儿说："那边。"

我调整方向，但为时已晚，一个物体从空中坠地，巨大的声响险些把我的耳鼓震破。尘埃落定。整整一条街被鲜血染得乌黑乌黑。

"有人跳楼啦！"

人们一脸兴奋地向出事地点奔去，只有我原地未动。

我观察到一个细节，那个女孩儿跳楼，裙子挂在窗子上，现在，那裙子的一角正在高处飘扬，像一个幽灵在发言。

我莫明其妙地有点儿忧伤。

妻子说："你这个人有病，人家跳楼和你有什么关系。"

停了停又说："她已经跳五次楼了，一次比一次高。"

她说："但愿这次死了，不然，还得跳一次。"

南　　方

南方很潮。

除此之外，我对南方没有印象。

1996年的秋天，我梦境一般飞往南方，去看一个我从来没有见过面的朋友。说是朋友，其实不过是通过几封信而已。她寄过一张照片给我，照片的下方签有她的名字，她的名字很好听，叫梅艳方，我看过许多梅艳芳的电影，所以，习惯性地把她想象得和梅艳芳一样，实际上我在心里还有一种愿望，那就是她应该比梅艳芳更丰腴些。

不过，这和我有什么关系呢。

我暗暗告诫自己。

可我终究逃不过欲望的诱惑，像一个布局精彩的对攻，胜败两方都其乐无穷。

我们的通信速度明显加快，终于约定在那个秋天我去会她。

我搭乘北方航空公司的飞机直抵她所生活的那个省的省会，然后辗转来到她家所在的城市，那是一个美丽的南方小城，我到那里时天空正在下雨，我坐在车里犹豫半天，才站起身拎着背包走进雨中。

我并不害怕雨水淋湿我的头发，而是我突然变得空虚。

我觉得我是这个城市的一种气体，无论怎样努力，也合不上这里的节奏和步伐。

小城不大。

我兜了几个圈子，就找到了信封上所写的地址。我站在那条街的街口，往雨幕茫茫的街里张望。

我想起我在家的那些个夜晚，我一边看着梅艳方的照片一边手淫，我承认我有点儿变态，像一个没羞没耻的恋物狂，我甚至有过让梅艳方寄来一套内衣裤的想法，那样将有助于我身上某种器官的继续膨胀。有时我想，寄多麻烦哪，不如自己去一趟南方，亲手从她身上扒下一套来得更刺激更疯狂。

就是这样。

我终于在信中说了我的想法，我说，我要出差，去一趟南方。

梅艳方当然积极响应。

我没想到我的动机和目的如此单纯。

现在，站在异地的雨里，我对自己的行为表示吃惊。我很虚伪。我是一个战士，但我没有勇气，没有勇气战斗，更没有勇气投降。

我狠狠地抽了自己一个嘴巴，提醒自己不要迷失方向。

我拖着疲惫的双腿，一个门洞一个门洞地往下找，我手上的信封标明，梅艳方应该住在这条街的36号。可我一直走到雨停，除了35号和37号，却始终没有找到36号。我的心底重新燃起希望，热血沸腾，充满力量。

我首先敲开35号，想问一问这条街到底有没有36号。

我敲门。

一个蓬头垢面、满脸赤红的女人来开门，她探出头来，眼睛里布满惊慌。我是一个对美女异常敏感的人，一个女人，只要从我面前掠过，不管她身体的哪一个部位被我袭击，哪怕只有一缕淡淡的香气，只要我收存了她传送的气息，我都能准确无误地分辨她的高矮胖瘦，老少美丑。

尤其对美女。

我在这个世界上生活三十年了，我领略的美女无计其数，所以，我遭受的痛苦也绝非其他男人可以相比。

开门的是个美女。

这个女人二十六七岁，从她家门上的喜字可以判断，她新婚不久。

"你好！"我说。

女人突然长舒一口气，低声地骂了一句："你他妈的吓死我了！"她是用南方话骂我的，但不知为什么，我一听就听得明明白白。

"对不起。"我说。

女人根本没有理会我的意思，她一下就把门全部打开，一跳来到街上，左右看看无人，兴奋地推开我，对门里说："快出来吧，快走！"

不用问，出来的当然是个男人，四十多岁，鬓角的头发有些花白。他衣衫不整，见到我之后，不好意思地干笑了一下，然后，飞快地消失在街道的梧桐树的绿荫里。而那个女人，更像一个地下工作者，她熟练地又向左右看看，确信无人注意这里之后，一闪进到门里，然后，砰的一声把门全部关上了。

如果把我排除。

这个画面你会从许多电影中看到。

我此时此刻到像一片无关紧要的梧桐树叶，随风摇荡。

雨又下起来了。

我感觉我的身体有点儿凉。

我敲响37号的门，我突然变得执着，我要找到那个叫梅艳方的女孩儿，也许是个女人，她很漂亮，耳垂上有一颗小小的黑痣。她的字写得很好看，文笔流畅，每封信都像一首散文诗。

我想找到她！

……

1996年秋天的南方之行完全改变了我的生活，我从梅艳方所在的那个小城回来之后，就完全和她失去了联系。在我出差期间，我的妻子帮我收拾好书房，无意之中在我也忘记的某个角落里找到了梅艳方的信件和照片，最主要的是，她在梅艳方的照片上发现了我的唇痕，我们大吵了一顿，险些酿成婚变，后来，她反而平静了，笑着对我说："我的男人也这么花心！"

我也笑了。

我就告诉她，我敲开了37号门，一个和蔼的老者热情地接待了我，他说，五十年前（当时他还是个孩子），这条街上有一个36号，是一个生活在武汉的资本家养的一个外室，后来，36号还住过一个外国传教士，再后来就一直空了许多年。新中国成立后，36号院就倒塌了，他和35号院借机各自扩展了自己的住房面积，直到今天。

去 向 不 明

朱恒去那个南方小镇的时候是秋天，那个小镇水汽很重。朱恒从另外一个小镇打车去他所要到的那个小镇时，他的身体很不适。他走在灰尘很大的街上，对一个依在车门上兜揽生意的人说："我要去××镇。"

那个人说："我这个车就是去××镇的。"

为了保险起见，朱恒从口袋里掏出地图，指着上边的一个小黑点说："去这里。"

那个人点头。

××这两个字很生僻，朱恒念不上来，他又不好意去问别人，就按自己的想象胡乱念了两个大概差不多的字，好在南方人听不懂他的北方话，他也无须南方人对他多说什么。他对那人，也就是司机说："我要去××镇。"

司机好像一下就听懂了似的。

他们上路。

在路上，朱恒想：自己要去××镇干什么呢？他自己问自己，问过之后，却得不出任何答案。但朱恒要去××镇，好像那里是他人生的必经之路。朱恒对××镇的情况一点儿也不了解，开始的时候，他还想向司机打听一下那里的情况，可一阵突如其来的眩晕使他打消了这个念头。

朱恒要去××镇小住一夜，其实，他完全可以不在那里停留。他可以直接到他要到的地方去，但当他在地图上看到"××"这两个字时，他怦然心动。

朱恒要去××镇时，到一座庙里烧了香，他拎着一个相机，在他准备动身前往××镇的这个小镇上四处拍照。这里的房子很古怪，屋里很黑，妇人抱着孩子坐在高高的门槛上喂奶，男子则多半赤脚在不远的地方劳作。这种南方小镇有很多的河，几乎每户人家的屋后都搭了长长的木廊，在木廊上走动的多半是青年男女，他们相隔很远地说话或打手势。

朱恒在街上拍照，引起许多人的注意，也许他的相机太好了，有几个男青年围着他走了好长时间，大声地哇哇地说着什么。朱恒回头看他们，他们就停下脚步，远远地站在那里，朱恒走的时候，他们又自然而然地跟上，这样相持了很长时间，朱恒终于忍不住问他们要干什么？！其中一个小伙子羞涩地走上前来，用手摸了摸他的相机，然后，他们高兴地一哄散了。

像一群鸟，说没就没了。

朱恒看到一座庙。这指定是一座庙。这庙处在民居中间，黑色的门半掩着。朱恒走的地方很多，看到的庙也不少，他不信佛，但他每遇到庙宇都要进去拜拜，这是一种习惯，为的是祈求平安。朱恒见到的庙宇很多，但这一座与众不同，它也许就是用民居改建的，是哪位居士奉献出来的也不一定。那庙的名字也奇怪，叫紫竹林。朱恒想：是观音大士住的地方吧。四周冉冉升腾一团瑞祥之气，更有院内钟鼓之声袅袅而起，朱恒忍不住推开了那扇庙门。

朱恒进到庙里才知道这是一座尼姑庵，他愣愣地站在廊檐下，觉得有些不妥。他的到来也打破了庵内的沉静，几个年岁比较大的尼姑从窗口探出头来看他，神情似乎在向他发问。

朱恒有些尴尬。他想说他来是为了烧香，可话到嘴边又卡住了。他觉得这是一个只有女人居住的家，他一个陌生男人闯进来很不礼貌。他歉意地笑笑，转身要出去。朱恒要出去了，也许就没事了，可不知什么时候，一个小尼姑端了一杯香茶站到了他的身边，朱恒如陷到云里雾里，进退两难。

等朱恒从紫竹林里出来时，他口袋里的钱已经少了三百元，他喝了一杯香茶，被让到院内坐定，主持并未出来见他，一个信佛的老太太坐到了他的对面。她说话之前，指着庙的四梁让朱恒看，她告诉朱恒，这里应该大修了，而大修是需要资金的，她看朱恒是一个有慧根、有造化的人，应该为大兴佛事做点儿贡献。

朱恒给她说得不好意思起来，就从口袋里掏出三百元钱。朱恒站起身要走的时候，他胸前的相机在椅背上碰了一下，这引起老太太的注意，她开心地笑了，拉着朱恒四处转转，并允许他拍几张她认为珍贵的照片。朱恒都照办了。

"你来就是为了拍照吧？"

朱恒下意识地点点头。

朱恒是上街来拍照的，但他的计划里没有这座小庙宇。他觉得没有必要向别人来解释这个问题了，他走出庙门的时候，身上轻松了许多。

朱恒突然想去××镇。

××镇距这里并不遥远，地图上的直线距离为五十余公里。朱恒被自己的想法打动了，他的心情格外好起来。其实，朱恒的心情也没什么不好的，他一来到目前的这个小镇就受到了这里的人的欢迎，他们对远方的客人多了一份额外的兴趣，所有的人都关注外乡人的行踪。

比如说朱恒所住的那个小旅店的服务员，她自报家门叫小玉，南方女孩儿叫小玉的好像很多，朱恒几乎分不清她们到底谁是谁。朱恒在杭州西湖乘船的时候，有一个船女叫小玉，是一个十分乖巧的女孩儿，朱恒差点儿没爱上她。

服务员小玉为他打开房间门，就侧身站在那里，她的胸很高，朱恒从她前面过时，只要稍稍动点儿心思，就会轻而易举地拂弄她的乳峰。这一点小玉可能比他还清楚。朱恒小心地在小玉和走廊墙壁所造成的狭窄的空道儿上挤过，小玉冲他暧昧地笑笑，朱恒感觉自己很紧张。

朱恒回到自己的房间时，头上冒出一点儿冷汗，他不知道自己为什么如此虚弱，他想起西湖的那个小玉，一边摇船，一边笑着和他说话，还弄五香豆腐干给他吃。人一陷入回忆里就容易平静，朱恒躺在床上，下意识地点燃一支烟。

朱恒不知道小玉此时正站在他的房间外吃吃发笑。

她手里端着托盘，里面是朱恒要的午饭：一盘豆腐，一盘辣子炒腊肉。她一手端着托盘，一手轻轻地叩门，叩罢禁不住掩口，笑得脸也有点儿红了。

直到这时，朱恒还不知道他要去××镇，他叫不上来那个镇的名字，只好含混地用××来代替。他自北来南时，以为这里的秋天会很热，不承想南方小镇的秋天早晚也凉，且有潮潮的水汽浸在身上，有点儿黏，也有点儿滑。

小玉敲门进来，低着头把菜放在桌子上。这时是中午，但由于朱恒住的房子背街，且窗子很小，所以他的屋子和其他屋子比就有点儿暗。小玉找来一个椅子，踩在上边，帮他去打灯头上的开关。小玉伸手去开开关，上衣也随着她的动作空洞起来，朱恒就看到了小玉的乳房，比他想象的要大，那么饱满、坚实，一圈乳晕给灯光隔着衫子照进来，有些暗红。朱恒突然笑了，他的笑声惊动了小玉。小玉问他："你笑什么？"

小玉说话的声音很怪，但并不难听。在朱恒的记忆里，南方女孩儿子说话都是这个样子。

小玉问他："你笑什么？"

朱恒摇头不语。

小玉一定是用本地的方言骂了他，然后说："外地的男人都是坏心思！"

朱恒更忍不住笑起来。

小玉就比画了一下，好像要掐他，稍稍停顿，终于鼓起勇气似的，在朱恒的左臂上狠狠地拧了一下。

这顿中午饭朱恒吃得很香。他原来没有要酒，但小玉主动地给他送过来一壶酒，他就喝了。喝之前，他还想：也许这酒里有毒呢？但他还是把酒喝了，喝完就醉了。他躺在床上和衣而卧，一觉睡到三点十分。

朱恒坐在这个南方小镇的下午里，隐约记起他在街上听到的一个传闻，说有两个女人冒充尼姑，到一户人家去化缘，说是化缘，莫不如说是去做交易，她们拿了一个罗盘，说这户人家的院子里有宝物，宝物是一对，只有她们能找到，并且需要她们施法，宝物才不至于土遁，走到别人家去。

这家的主人就信以为真了。

她们几个人锁了院门，在院子里大挖起来，工程量不小，需要大家轮流工作，两个假尼姑也十分卖力气，因为事先说好，如果挖到宝物对半分成。终于，在假尼姑工作的时候，土堆里传出当的一声。

于是，这一家人欢呼雀跃。

他们挖到了一对金佛。

接下来的工作是谈判。过程粗糙又简单。那家人被假尼姑骗去两万四千元钱。他们拿着金佛去做鉴定，结果被告之，那对金佛是铜铸的，黄铜，成色和金子有那么一点点相像。

朱恒的脑袋混成一团。

他在这个小镇要办的事办完了，他知道自己该走了。他一边收拾东西，一边喊那个叫小玉的服务员，让她检查房间，小玉说："走好了，有什么好检查的，你还能把这儿的东西带到××镇去？！"

小玉似乎受了什么委屈。

××镇？

朱恒停下手边的活，从背包里找到地图，他很快从他所在的方位附近找到了××镇。这两个字太生僻了，他叫不上来，又不好意思去找那个叫小玉的，或者别的什么人问，就胡乱规定了两个差不多的字在那上边。

朱恒决定到××镇去，去干什么，他不知道，他有点儿兴奋，收拾好东西，在总台结了账。他的头脑清醒了许多。这个南方小镇秋天的阳光是灿烂的，和他家乡的阳光一样。朱恒走出旅店的大门口，特意站了一下，他在想自己是否需要回过身去笑笑，因为他觉得那个叫小玉的女孩儿的一双眼睛紧紧地贴在他的后背上。

朱恒站了一会儿，想，算了罢。他一手拎着包，一手很有力地摆动。

朱恒包了一辆小车，付给司机四十元钱。他对司机说，他要到××镇去，司机没有表示反对。车行在路上的时候，朱恒想问司机：××镇的水汽是不是很重。但他的问题很快在自己这里得到肯定的答复。也许酒劲儿还没过？朱恒仰头靠在椅背上，嘴里喃喃地说："我要到××镇去。"

司机说："我这个车就是去××镇的。"

说完，他们就都沉默了。

余下的时间，是车在路上不停地颠簸。

目　击

我生活的这个城市没有美国的领事馆，所以，我要到美国去，必须乘车到另外一个城市，去设在那里的领事馆，向领事先生陈诉我要到美国去的理由。我要到美国去，随便什么城市都可以，那里要有一所大学，最好课程不要太严，这样我可以大大方方地出来打工，干他个三年五年，挣一笔钱，然后回来颐养天年。

我设想我在美国吃了许多苦，也许身体的某个部件出了问题，所以，回到国内之后，我绝不会再出去工作，而是待在家，养养花鸟鱼虫，高兴的话，再养一个女人。我就是这么想的。我知道在学业上我将一事无成，所以，我根本不做留在美国的打算，何况美国那个国家我打心眼儿里不太喜欢它。

这之前，我和一个叫珍妮的美国女孩儿谈过恋爱，这种恋爱目标明确，方法简单。

我去参加留学生组织的一次生日Party，一个从加拿大来的大个子姑娘过生日，那个女孩儿眼窝很深，下巴突出，奇丑无比。可她的汉语说得非常好。她的志向是当一个汉学家。我和她交往有两个重要的想法，一是她可以帮我翻译一些优秀的外国文学作品，这对我的工作将大有裨益，另外，我也希望通过她把我的作品译介到国外去。我是一个诗人，请原谅我的卑琐，作为一个从事高尚写作的人，却有如此低俗的渴求。

没办法，我就是这样一个诗人。

我是一个诗人，有很长一段时间，我曾尝试用英语写作，后来我的做法让自己也感到可笑，只好不尴不尬地停止下来。

在那个Party上，我认识了珍妮，我谈兴大发，我讲了我用英语写作的事，朗诵了我的英文诗歌。我变得很幽默。珍妮根本不相信我说的是真的，因为我对英语语法狗屁不通，我的诗歌自然被认为是一种玩笑，珍妮甚至说，她来中国好几年了，我是她见到的第一个有幽默感的中国人。

后来我们熟识起来。

再后来我们就上床了。

我们的恋爱大概持续了一年，那一年里无论我参加什么活动，包括官方举办的一些活动，我都把珍妮带在身边，珍妮很感动，她说她根本没有想到我会这么重视她。

我一下感到很害怕。

我是一个自由的出版商，兼诗人，我总试图自己写书，自己出版，自己发行。事实证明这不行。我赔光了自己所有的本钱，还险些把一个交好多年的朋友拉到水面以下，从那以后，我的人品大打折扣，生意越来越不好做。

我承认，我向珍妮借了五千美元。之后，我就销声匿迹了，我搬出了和一个小报记者合租的房子，一个人远离市区，在一个叫三合屯的村子租下一间靠近猪舍的小屋。说实话，我讨厌那个小报记者，他特别能说假话，经常把妓女带回家，害得我也差一点儿染上性病。

我早就想离开他。

但我知道，他一旦知道了我和珍妮的事，一定会借机大肆宣传，他会把一个中国骗子的丑恶嘴脸描写得淋漓尽致，因为，他太了解我的一言一行了。果不其然，我离开不久，珍妮就去找我，这小子眉飞色舞，上蹿下跳，写了一篇长达两万字的文章，听说要不是珍妮义正词严地制止他，我的名字就会一夜之间布满各个报摊。

尽管这样，我还是读到了那篇揭露我的文章，我的名字为两个大大的××所代替。

那篇文章写得不错，有许多细节是他瞎编的，但挺符合想象。

可以说，我和珍妮一起生活的这一年里，我的英语有了突飞猛进的发展，我觉得自己有了那么一点点资本，完全可以到美国去生活几年。我想，去美国打工一定要有一个好身体，于是我把白酒戒掉了，改喝啤酒，听说美国人也挺爱喝啤酒。我还每天早晨早早起来围着村子跑步，那个村子的路不平，雨天更加泥泞，这使我吃了不少苦头，可我心甘情愿。

我的手续办得挺快。

领事馆通知我，让我去他们所在的那个城市接受召见，我不知道这是不是惯例。

我和领事先生（也许不是领事）的见面并不愉快。

寒暄几句之后，领事（也许不是领事）长得像傍近我住处的那个猪舍里的一头猪，他直截了当地对我说："据我们了解，您的太太和女儿都在美国，我们怀疑您有移民倾向。"

我马上拍了桌子，我用标准的美国英语对他说："你有没有搞错啊，我是独身，至今未婚！"

他好奇地打量我，欣赏地说："年轻人，你的英语讲得不错。"

去他妈的！

无论我怎么解释，他都微笑摇头，仿佛他是联邦调查局的，而他调查的结论是绝对不会出什么差错的！

我说："你要对这件事负责。"

他耸了耸肩（我讨厌这个动作，这也是我根本不想留在美国的原因），说："当然，我会负责的！"

我气愤地离开了领事馆，一个人在街上游荡。在一家大商店的门口，我目击了下列事件。它和我的小说没有必然的关联。我站在商店门口，突然听到女人的尖叫和奔踏的脚步声，接着，看见一个持刀男子冲出商店，他的后边跟着五六个保安。那些保安一边追他，一边大声喊："抓住他，抓住他，他偷刀！"

但是，那个男子不像是偷刀的，因为他突然冲到另一个正在走路的男子面前，手臂在空中划出一道优美的弧形，他手中的刀直接刺入了那个男子胸膛。

多　余

房檐上的鸽子也许和林红所想的问题并无关联，但林红一直固执地认为那对灰黑相杂的鸽子是那个人放出来的。确切地说，林红并不认识那个人，至少，她不知道他的姓名、年龄、职业及家庭背景。她只知道他是一个男人，三十岁，或者三十五岁，正是男人最成熟、最富魅力的人生阶段。

林红和那个男人是在火车上认识的，我们暂时称他为甲。和甲一起上车的是他的两个朋友，其中一个女孩儿和甲的关系很密切。他们好像是去参加一个什么会议，刚刚回来，他们一上车就对会议期间的趣事喋喋不休，甲还不时地开怀大笑，他的笑声把整个车厢都感染得快乐起来。

从一开始林红就注意到甲。

她想自己在什么地方见过他，自己一定是见过他，最后终于想起甲和她喜欢的一个电影演员十分相像，她脱口叫出了他的名字。

当时，林红正站在车门口迎候宾客，她看到甲和那个女孩儿手拉手从车厢里出来，去站台的售货点买东西。她就大声叫出了那个电影演员的名字。显然没有回应。所以，当火车启动，林红挨个铺位换票时，她迫不及待地对甲说："你和×××长得太像了！"

甲愣住了，问她："×××是谁？"

林红笑了，说："杀人放火。"

甲和他的同伴也笑了，他们买了许多啤酒，一人手里拿了一个瓶子。林红还注意看了一下那个女孩儿，觉得她的嘴唇涂得很艳但很好看。

甲和那个女孩儿是什么关系林红并不想知道，说心里话，林红对那个女孩儿并不反感。很显然，甲和那个女孩儿的亲密关系是临时建立起来的，在这一点上，女人比男人更富直觉。

但这又怎么呢？

林红甚至想，为他俩换一个相邻的上铺，这样，熄灯之后，他们的手就可以堂而皇之地握在一起，甲用他的手指抚弄女孩儿的手心也不一定，想到这些，林红再一次笑了。

火车完全陷入黑夜的时候，林红发现自己失眠了。作为值夜班的列车员失眠是必修的功课，但对于林红这样才二十一岁的女孩子来说，哪次值班不偷偷地打几次瞌睡呢。但这个夜晚，林红真的失眠了。她对甲产生了浓厚的兴趣。

她三次去探望甲。

第一次是整理窗帘，她在甲的旁边站了很久，听他和他的同伴小声说话，听他大口大口地吞咽啤酒。她想：天黑真好，甲的手此时一定正搭在那个女孩儿的某个部位上，来回游移，或者不动。甲的手温润、潮湿。

第二次她佯装上厕所。她走过甲的铺位，发现甲的同伴们都已经睡了，包括那个女孩儿，只有甲一个人还在独饮，他出神地望着窗外，双手抱着啤酒瓶子盘膝坐在那里。这一次，林红看到了甲的肌肉，他的上身穿了一件紧身的背心，背心是白色的，在夜行车的这种空间里很显眼。林红看到甲的肌肉，很发达，散发着热量。林红有一种冲动，她想去抚摸一下他的肩头，那里一定很凉，很滑，像摸在大理石上一样，让人身心朗润。

但林红知道她不能。

第三次是夜深了。火车刚过一个大站，四周阒静，醒着的人的耳朵里只有车轮在路轨上的咣当声。林红忍不住起身，轻轻地走到甲的身旁。此时，甲已沉沉睡去，压在他身上的毛毯滑落在地上。他完全放松地把自己袒露在林红面前。睡熟的男人都是大婴儿。林红记不起是谁对她说过这样的话，她顿生怜爱之心，拾起毛毯，轻轻地搭在甲的身上。

这次，她在甲的铺前站了很久很久，直到甲的上铺发出梦呓的呢喃，她才像惊醒似的，惶惶地离去。

林红平日不喜欢鸽子，可当她知道甲的家里养了十只鸽子之后，她对鸽子这种小生灵突然产生了好感。她还到文化广场买鸽食，坐在草坪的边上喂那些肥胖的广场鸽。每当都市的上空传来鸽哨的清响，她也禁不住抬起头来，为这些飞翔的诗，为这些小朵小朵的云彩投入一缕关切的目光。

火车即将抵达目的地的早晨是匆忙的。

林红站在长长的车厢一头看着甲去洗漱，他个子不高，微胖，如果在街头众多的人流中，根本算不上最出色的男人。但林红觉得他的出现对自己很重要。林红看着甲去洗漱，又看着他回来。他的男伴坐在窗前吸烟，这应该被禁止，但因为他是甲的朋友，林红并没有去惊动他。甲的女朋友还在慵睡，一双脚露在外边。

火车离目的地还有一个小时的路程，甲洗完自己之后，又拥被躺在那里。他好像没有睡足，又好像着了凉，他鼻塞，哼哼地半天通一下气儿。林红开始打扫卫生，打扫到甲的跟前时，林红的动作很轻，她从铺下抽出甲他们装空酒瓶的纸盒箱时，动作之轻令她自己难以想象。

——林红穿着围裙，很漂亮的围裙，白底儿，上面印着一对宝宝熊。林红穿着围裙在厨房里做早点，内容有：米粥（加绿豆的），鸡蛋，面酱，两碟小咸菜。还有一杯咖啡，或咖啡奶。这些已愈来愈为中国人所接受。

——林红把做好的早餐端到甲的面前，甲懒懒地看一眼，又转身睡去。林红好言相劝，让他快点儿起来。林红说："快起来吧，要迟到了。"甲说："迟什么到啊，我们单位又不坐班。"林红无奈，只好有点儿委屈似的说："快起来吃吧，不然就凉了。"甲沉默半晌，终于起来，先端过咖啡或咖啡奶一饮而尽，然后，四下寻找衣服。

林红这样想象她和甲的生活。

可她和甲有什么生活呢?

火车临近目的地的那个早晨，林红推着一个售货车在过道上走着，她小声地告诉大家："牛奶啦，一元一杯。"但她走到甲和他的朋友面前时，故意大声说："喂，喝杯奶吧，一元一杯。"她从梯子上到甲的女伴睡的上铺，用力地推醒她，好心地问："喝杯奶吗?"

那个女孩儿显然还在梦乡。

林红自作主张，给甲倒了三杯奶，她还未等甲反应过来，就推着车子往前去了。她不知道甲会怎么理解她的这个举动，但她做了，她觉得自己很心安。她一宿未睡，好像她等待了一宿就是为甲倒一杯牛奶。

林红好像把什么都看清了。

甲的那个女孩儿梳洗完毕之后有些坐立不安，林红一下就把握了她的心思。林红送完最后一趟热水之后，轻轻地拉了一下甲的女孩儿，她心领神会地跟着林红来到列车员的休息室。林红拉上布帘，从提袋里拿出自己的化妆盒。当甲的女孩儿看到林红的化妆盒时，眼睛一亮，林红知道，她要解决的问题解决了。

那个女孩儿化完妆之后特别好看，林红承认自己对好看的女孩儿也有点儿痴迷。女孩儿用了她的化妆品，她用了，就完全可以代表她去到甲的身旁。分别的时刻到了，林红特别喜欢甲能偷偷地吻那个女孩儿一下。林红下意识地舔舔嘴唇，口红的淡淡的甜味，让她有点儿悲伤。

林红在心里和甲对话。

林红说："你叫什么名？"

甲说："我叫甲。"

林红一下就满足了自己的想象。

林红开始在心里大片大片地设计甲：他三十岁，或者三十五岁，婚否并不主要。他喜欢养鸽子，并且，他对林红说他养了十只鸽子。甲稳稳地坐在椅子上，后边站了一些和他有关的人，他蓄了一点儿胡须，这正是男人成功的标志。他目光深沉、冷静，大有高瞻远瞩，运筹帷幄之中，决胜千里之外的气势。

林红为自己的设计所感动。

林红还这样认为：

——休班之后，甲突然给她打了一个电话，和她说一些牵强的事，事虽牵强，但也有合理之处。不容她不出来。况且，林红想，她没理由不出来。他们约了地点，迫不及待地见了面。吃饭。吃饭是陌生男女相见的又一门必修的功课。在吃饭过程中，他们谈了许多。比如他告诉她：他叫甲，今年三十岁，或者三十五岁，正是男人成熟、沉稳，应该干出点儿成绩的年龄，而且，他一定已经很有成绩了。这从火车上追随他的那个女孩儿身上可以窥见一斑。他告诉她，他喜欢养鸽子，且他已经养了十只，十只鸽子早出晚归，总能把美丽的风景带入他的眼帘。他说，鸽子在某些时候有点儿像漂亮的女孩儿，小心，羞涩。

——林红把他们吃饭的时间放在了晚上，傍晚，她接到甲打来的电话，说要一起出去吃顿便饭。她便精心化了妆，把从来没描过的眉描描黑，最奇怪的是，她把指甲上的红油拼命擦去，让她的指甲露出本色，这是一个不易为外人所理解的女孩儿的小动作，但林红知道甲能理解。因为，甲不喜欢指甲油。因为她觉得甲曾经对她说过，他不喜欢这种古代叫蔻丹现在叫指甲油的东西。这话说得多幽默！

——晚饭后的节目只有一个，那就是接吻。林红觉得她应该把自己的初吻献给他。少女的初吻坚硬、笨拙。林红把自己的舌头紧紧地缩在后面，这一点叫甲有点儿扫兴。但这又怎么样？男人是喜欢炫耀的动物，当他得到过，又一次得到过少女的初吻时，虽然当时并不怎么舒服，但过后的回味是无穷的。林红好像一下就明白了这些。

火车终于到站了。

出乎林红意料的是，甲的两个朋友抢先下了车，并头也不回地走了。林红站在车门口，眼望着甲的女孩儿——现在林红固执地认为她不是女孩儿了，她的丈夫正在出站口接她——匆匆地从地道口消失。林红笑了。她本来对甲的女孩儿就不大感兴趣，她觉得甲最后一个下车就是为了和她单独说一句话。

林红差点儿没回去化妆！

果然，甲带着沉重的行囊出现了。他走路有点儿晃，也许为重物所压。甲下车的时候，林红急急地扶了一下他。

林红说："你像×××！"

甲笑了，说："×××是谁，我始终不知道。"

林红说："杀人放火。"又停顿一下，说，"还强奸！"

甲一下愣在那里。

站台上的人几乎走没了。甲想起什么似的对林红说，"给我留一下电话吧。"

这正是林红所期待的。

林红在甲的手心上写了几个阿拉伯数字，写完之后，就虚弱地靠在车门上。

甲说："再见。"

林红也说："再见。"

可林红说完再见之后就想哭。她把自己丢在一片只有少女才能体味的苍茫之中。

缺席判决

高正本一边在街上走，一边阅读一份晚报。高正本看晚报从来都由中缝看起，他最喜欢读的文章就是法院的公告：××，或者×××，你妻××，或者×××诉你离婚一案，本厅已受理，限你自本公告发布之日起，十五天内来本厅应诉，否则按缺席判决。高正本最愿意读这样的文章，读了之后，就站在那里，想象××或×××夫妻二人的模样。

他对自己这个无聊的习惯已经习惯，他特别固执。高正本认为，一个人的生活从来离不开固执，固执地恋爱、结婚、生孩子，固执地干他们想干的事。

高正本在街上走，一边走，一边读报纸。今天的晚报没有公告，他就依次去读一版的新闻，然后，转向三版看足球赛的消息。高正本对足球谈不上热心，但周围的同事都开口闭口足球，好像喜爱足球应该是当代男人的一个通病，所以，高正本也不得不假模假样地记住一两场赛事的胜负，包括AC米兰队现在去了德国、法国还是英国。

高正本认为中年男人的生活是最无聊的。

高正本认为中年男人的生活是无聊的，他一边在街上走，一边读一份报纸，他最喜欢读报纸中缝里的法院公告，但今天好像所有的法院都没发什么公告，他就依次去读新闻。

就在高正本把报纸翻到一版的时候，他和他的旧同事吴小军在街头相遇。多年不见后的相见是尴尬的，如果高正本低头看报，也许会避开这次相见，但没有避开，就得说一两句话。

吴小军说："最近怎么样？挺好吧。"

高正本说："挺好，你怎么样，也挺好吧？"

吴小军说："挺好。"

然后，两个人就在那里尴尬地站一会儿。

高正本忘了那天他和吴小军见面后是谁提出告别的，他和吴小军准备各走各的路。

他们握手的时候，吴小军说："你认识×××吗？一个女孩儿，她认识你，还向我打听你呢？"

×××是一个女孩儿的名字，她躲在高正本的心里很多年了，说不定已落上了一点儿灰尘。但这不碍事，高正本用手轻轻地一擦，那名字上的灰尘就给掸落到地上去了。

×××的姓名闪亮起来，她给高正本带来一点儿回忆，男人的生活是需要一点儿回忆的，有回忆的男人才显得那么丰富、完整。×××是高正本婚后认识的一个女孩儿，两个人有过一段不平凡的经历。但说不上什么原因，像×××闯入高正本的生活一样，她又突然从高正本的生活中消失了。

这种略带残缺的感情经历使高正本时常想起她。

吴小军给了高正本一个电话号码，说×××现在一家公司做文秘，他因为业务上的联系常到这家公司去，久了，就认识了这个女孩儿，又无意中谈起高正本，女孩儿对高正本的近况十分关心。

高正本和吴小军的尴尬见面给高正本的生活带来显见的动荡。

一上午，高正本都坐立不安，他几次走到电话机旁，想拨出那个电话号码，但过分的激动抑制了他的举动，他在自己的座位和电话机前不停地走动。

等到高正本终于可以使自己平静地拨动那组号码的时候，时间已经到了中午，高正本喝了一大口水，又去上了一趟厕所，然后坐到了电话机旁。

"喂，是××公司吗？"

"是，请问您找谁？"

"麻烦您找一下×××。"

"×××？"对方迟疑半晌，说，"对不起，您打错了吧？"

"错了？"

"我们这儿没有叫×××的。"

高正本举着电话，听大片大片的忙音浸入耳郭。

这本来是非常平凡的一天，因为和吴小军的见面，打乱了高正本的生活常规。他的一天完全可以这样度过：早上买一份晚报，一边在街上走，一边阅读。哪怕没有他喜欢的公告也好，他可以看看新闻，然后再看看足球，如果有足球，他就也可以加入到同事的行列中，用一杯茶水调侃一个上午。然后，吃饭，吃完饭可以找一个地方睡上一觉，一觉醒来就能下班了。他去儿子的学校接儿子，一起回家，做饭，等妻子回来共进晚餐，一切完毕之后，上床，看看电视，睡觉。有兴趣有精力的话，用一两个小动作暗示他们共同的需要，他们互相抚摸，说一些他们已经熟而又熟的夫妻间的悄悄话。

就这样。

但今天有所不同了。

高正本知道了他曾经喜欢过的一个女孩儿的下落。女孩儿叫×××，在一家公司做文秘。这个消息是他的旧同事吴小军告诉他的。在原单位，他和吴小军并不相熟，但因为这一点，他对吴小军多多少少有那么一点儿感激。

吴小军问他："你认识×××吗？"

高正本一下就把这个女孩儿的模样想得很清楚。

下午，外边下了一点儿小雨，这和高正本想的一样，外边下雨的时候，高正本正站在窗前吸烟，中午的时候，他给×××打了一个电话，结果却出乎他的意料。现在，高正本决定冒雨到街上再打一次电话，他觉得街上的公用电话比他办公室里的电话更堪信任!

"喂，是××公司吗？"

"是，请问您找谁？"

"麻烦您找一下×××。"

"对不起，我们公司没有×××这个人。"

对方的电话再一次搁下。

高正本这回彻底茫然了。

婚外恋的感觉对于高正本来说还是记忆犹新的，他的心十分空荡，并向外膨胀。他无法使自己安定下来，对街上过往的行人充耳不闻，视而不见，他瞧着远处的天空愣愣发呆。高正本去××现代化办公设备经销公司的时候，雨已经停了，他打一辆出租车，到那家公司去。他今天的穿着有点儿随便，他为这一点儿有点后悔，但希望马上见到×××的冲动使他很快忽略了这些，他觉得×××的样子在他的脑海里愈加清晰。

这是一座现代化的写字楼，他要找的那家公司在三层B座。

不管怎么样，高正本要求自己要有绅士风度，要温文尔雅，要具备一切中年男人应具备的美德。

"请进!"

即将推开那家公司的大门时，高正本还是有些激动。

接待他的是一个和他年岁相仿的男人，或许比他小点儿也未可知。他是这家公司的副总经理。这当然是他自己自我介绍的。高正本被让到沙发上坐好，副总经理暗示同室的一个女孩儿给他倒水。

"请问……"副总经理欠欠身子，问。

"哦，我是××局的，我……"

"欢迎，欢迎。"副总经理热情地伸出了手。

"哦，谢谢！我来是想问一下，贵公司有没有一个叫×××的女同志？一个女孩儿。"

副总经理坚决地摇头。

为了保险起见，高正本还向他打听了吴小军，从副总经理的热情介绍中，高正本知道吴小军是他们公司的老主顾，业务来往十分密切。也就是说，吴小军向他提供的情报是准确的，并无玩笑之嫌，况且，多年不见，吴小军根本不可能和他开玩笑，更何况，他和×××的那一段不同寻常的经历是秘密的，并不为外人所知。

高正本失望地站起身。

现在，高正本已经坐到××公司大楼对面的马路上，他固执地认为×××会从这个楼的大门出来。他看了一下表，离下班只有半个小时。高正本从口袋里掏出早上买的晚报，心不在焉地翻来翻去。甲A激战正酣，××队保组有望，以往这些可供谈资的话题对高正本多少有些兴趣，此时，却如白开水兑白开水，淡之又淡了。

高正本一边在街上走，一边阅读一份晚报。这是他多年的习惯，正是这个习惯，使他对旧同事吴小军避之不及，从他那里知道了×××的消息。

吴小军说："她认识你，还向我打听你呢！"

高正本有点儿委屈地想：她当然认识我。

令高正本彻底失望的时候到了，又半个小时的时间，××公司所在的那个大楼里的人都走空了。高正本不甘心地想再次进到楼里寻找，门卫客气地阻止了他。

"我，找×××！"

门卫问："男的，女的？"

高正本说："女的。"

门卫笑了，色迷迷地说："你走错了吧，这个楼里的女的我都认识，根本没你要找的这个人！"

天渐渐地黑了。

高正本自己是怎么回家的，他自己也搞不清了，他推开家门，看到的就是妻子一张气愤的脸。妻子说："你干什么去了，孩子也不接，单位单位没有你，传你你又不回！"

高正本古怪地笑了。

他对妻子说："×××，你夫高正本诉你离婚一案，本厅已受理，限你自本公告发布之日起，十五天内到厅应诉，否则按缺席判决！"

他妻子大骂高正本疯了！

镜　头

1

　　一条狗出现在镜头里，似乎发现了镜头后边的他。很好奇地打量他一番，兀自走开了。有三个女孩儿走过来，对着那狗议论纷纷——原因在于那条狗在吃别人遗落在路边的垃圾，她们认为那狗很不讲卫生。

　　有一个男人，牵着另一条狗来到路边，对自己的狗说："上！上！"

　　那狗便竖起耳朵，弓起腰，汪汪地叫了两声。

　　男人说："不是让你打架！真没出息。"

　　吃垃圾的狗是白色母狗，男人的狗是黄色公狗。

　　男人想让自己的狗搞一点儿流氓活动，可惜，那狗误会了他的意思。

摄影师老柯这些天有些郁闷，他的学生打电话给他，告诉他，自己怀孕了。老柯把着电话，半天没出声。学生说，你说话呀！你不明白我说的是什么意思吗？

老柯说："知道。"

学生说："那你说怎么办呀？"

老柯想了想，说："那能咋办，做了呗。"

学生说："那你安排吧。"

所谓的学生，是老柯在艺术学院讲课时认识的，学生姓陈，叫陈祺。上课的时候坐第一排，眼睛不错珠地看着他，下课了，永远陪他走到校门口，恭恭敬敬地对他说："老师，再见。"

他心里很暖，也很有成就感。

他和学生吃过一次饭，是学生主动提出来请他的。头一天晚上喝多了，脸色特别不好，可能还感染了风寒，一个劲儿地咳嗽。学生说，一定是感冒了，就搀着他去校园外的一个小粥铺喝粥。说实话，那粥很好喝，喝完之后，头疼得到了缓解，身上也有了力气。

学生给同学打电话，然后，把他送到男生的宿舍休息了一个小时。

他是客座教授，没有办公桌，更没有小憩的场所。

可他下午还有课。

于是，陈祺十分体贴地为他做了安排。

他躺在陌生的床上，鼻吸里尽是男生的青春的气味。他好像一下子回到了少年，心里充溢着别样的情怀。他睡着了，甚至做了一个梦，梦见自己在河边的堤坝上尽情地奔跑。

醒来后，出了一身的汗。

有了这样一次经历，很快把他和陈祺之间的关系拉近。他们发短信，上QQ，渐渐发展到一起去喝咖啡，去酒吧听歌。

学生很乖巧。

他却不敢越雷池一步。

期末考试的时候，学生把他约出去了，说她马上放假了，要回家过春节，让他陪自己吃个饭，算是道别。这个道别有两层意思，一是说她回家，一是指他在艺术学院的课程结束了。他们再见面不是那么方便，下个学期学院安没安排课，他不知道。但下个学期一开始，陈祺他们这个班，就要去基地实习了。

道别。

这个词汇让他有些感伤。

那天，他们在一家有小雅间的饭店吃饺子，他喝了一些酒，情绪有点儿兴奋。

出来的时候，天已经晚了。他说："我送你回学院吧。"

她看了他一眼，低下头说："今天不想回去了。"说完，扑在他的怀里哭了。

老柯不知所措，想了半天，说："不回去就在酒店开两个房间吧。"

陈祺点了点头。

开房间的时候，陈祺只让他开了一间房，并说，留下了就是想和他在一起，开两间房，太浪费了。

　　那晚，他们顺理成章地睡在一处，也终于突破了最后的底线，老柯的心里有一点儿愧疚，可陈祺对他说，自己是心甘情愿的，只要他今后对自己好就行。

　　老柯用力地抱了抱她。

　　做那事前，老柯有些担心，他身上没有安全套，陈祺笑了，一脸羞涩地说，没事儿，是安全期。

　　老柯觉得这个孩子太体贴了。

2

　　旁边的饭店又把桌子搬到了外边——是一家驴肉馆，屋内只有四张桌，夫妻二人经营，中午饭口的时候，客人多了，坐不下了，就把一张小桌放在外边——那张小桌不偏不倚，正好在镜头的正中央。今天，坐在桌边的是一男一女，男的四十多岁，女的二十多岁。两个人点了四个菜，一个半斤白酒，一瓶啤酒，气氛和谐而融洽。可是，在这顿饭吃到尾声的时候，那女孩儿突然站起来，大声说："我就想给你生个孩子，怎么了？"说完，噔噔噔地走了。男的去追，追了几步又回来，一个人坐在那里喝闷酒，喝完一瓶，又叫了一瓶，阳光落在他的头上，黑发中的白发泛着丝丝的光亮。

老柯和学生睡觉的第二天早晨，学生先起来了。她的动作很轻，但老柯还是醒了。其实，老柯早就醒了，闭着眼睛躺在那里。感受着身边的柔软和光滑，他不想动，这一切就像梦，做梦的时候，人的意识是混乱而模糊的，梦醒了，需要的是回味。

这梦里究竟都有什么呢？

学生去卫生间洗脸、梳头。他坐起身，从床头柜上拿起烟。点燃，深深地吸上一口。他低头看自己，赤裸着身体，异常滑稽、可笑，看到下坠的小腹和裆间的物件时，脸上生过一阵炙热，赶紧掐了烟，慌慌乱乱地穿上裤头。

"醒了？"学生从卫生间出来，一边擦手，一边问他。

"啊，醒了。"

"我得回去了，上午还有课呢。"学生说。

"吃点儿东西吧。"

"不了。"

"那……"

"回头通电话吧。"

学生穿上外衣，忽然想起什么，从口袋里掏出一片纸，递给他。

"这是什么？"

"我和我们班另一个同学的名字。"

老柯不解其意。

学生说："呀，考得不太好，你批卷的时候，高抬一下贵手，给过了就行了。"停一下，又说，"我们的卷子边上都有一个禁止通行的标志。"

老柯下意识地看向窗外。

学生往门外走，老柯往门外送，学生走到门口，手拉把手，停顿了一会儿，突然转过身，在他的脸上亲了一下，说："我会想你的。"说完，猛地拉开门，风一样消失了。

学生走了，老柯的心里空落落的。

他穿好衣服，去前台结账。然后，特意跑到街口，去看"禁止通行"的标志。一个圆圈，一个斜杠，很威严地立在那里，非常有警示作用。

老柯突然想喝酒。

他找了一个包子铺，要了一碟炝拌菜，要了四个肉包子，一瓶二两的白酒，一声不响地喝起来。

电话响了，是学生打来的。

陈祺问他："没多睡一会儿？"

"没。"他说。

"想我没有？"

"嗯。"

"不许看我以外的女人。"

"嗯。"

"那我去上课了。"

"好。"

老柯放下电话，端起酒杯，喝了一大口白酒，白酒不是很辣，但是他含在嘴里，半天才咽下去。

接下来的日子就变得平常而琐碎。

老柯接了一个活，拍一个纪录片，名字叫《镜头》。

这个纪录片的创意并不复杂——在一个老房子和新房子交替穿插的小十字路口，在固定的位置架一台机器，在固定的时间，完全记录下这一时间内出现的人，发生的事，旨在反映日常生活的复杂和简单。

跨度为一年。

用老柯的话说，从春天走向春天。

这个工作看似枯燥，但在老柯看来，意义非同凡响。

于是，他每天像一根钉子一样，死死地把自己钉在这里。

陈祺放假，到开学后实习，她和老柯的联系越来越少，偶尔发一条短信，问一声好，问一问他的身体状况，嘱咐他注意休息，不要过度劳累，有时也说一说自己的情况，准备考研，准备搞电影评论，如此而已。

有一次，陈祺喝多了，打电话给他，让他马上过去，可是，她说不清自己在什么地方，他问，再问，第三次打电话再问的时候，她已经关机了。

3

下雨了，镜头里灰蒙蒙一片。靠老式房子拐角的地方，停着一辆"奥迪"车，车里坐着一个女人，靠着座位看一本书。雨刷不停地摆，把风挡玻璃上的雨水刷走，雨刷的动作很规律，会使人产生联想———一只巨大的甲虫伏在地面上，它的"触须"很短，但它渴望交流。它的肚子里正孕育着一个故事，一个悲的故事，或者一个喜的故事，或者一个悲喜交加的故事——没有背景音乐，没有旁白。雨是唯一的道具，不温不火，不紧不慢，接天连地，笼罩着高高低低的永远四通八达的道路。

　　老柯和陈祺第二次发生关系是一个多月前，陈祺突然出现在他的面前。她已经考上了研究生，不过学的不是什么电影评论，而是比较文学。她说比较文学很枯燥，但是，为了文凭，也只好将就了。考试的时候找了人，导师对她还是不错的。

　　他们就近向卖驴肉的小酒店要了菜，要了酒，就在老柯工作的机器旁放上桌子，边喝边聊起来。

　　"想我没有？"陈祺问。

　　"说实话？"

　　"说实话。"

　　"有的时候非常想。"

　　"那就是说，有的时候不想喽？"

　　老柯不想撒谎，就点了点头。

　　陈祺说："还行，挺诚实，不像有些人那么虚伪。"

　　老柯说："也不是不想，工作一忙就什么忘了。人啊，不能闲下来，一闲，心里就发空，一空就会思念自己最爱的人。"

　　听了老柯的话，陈祺很感动，她端起酒杯，也不管老柯，自己一仰脖，喝了。见状，老柯也把杯里的酒干了，干净之后，把杯底冲着陈祺晃了晃。

陈祺很懂事，拿起酒瓶，给老柯把酒倒满。

这瓶酒，他们一直喝到很晚。

老柯收工，他们就去宾馆开房间。说了一下午的话，说累了，也说尽了，剩下的就是行动。老柯激情万丈，像一只初次耕耘土地的牛，他嗅到了泥土的真实而朴素的芳香，并为这芳香的弥漫一次又一次地沉醉。

这一夜，他睡得很沉，似乎做了梦，但醒来之后，全然不记得梦中的情境。

陈祺走了，在床头柜给他留了一张字条，字条上只有一句话：保重身体。

老柯下意识地摸一摸身边的床，上边是清晨的润凉。

他站在窗口，看街上来来往往的人流，心想：每个人都在奋斗，每个人都在挣扎。

"老冉冉其将至兮，恐修名之不立；朝饮木兰之坠露兮，夕餐秋菊之落英。"

不知为什么，脑海中出了屈原的诗。

头两句用在自己身上，大体还说得过去，后两句用在自己这里，似乎就说不过去，自己哪有那么高雅、洁净，如果能做到这一点，早就得道升天了。

老柯扛起机器，腾腾腾地下楼去了。

他给陈祺打电话，是一个男孩儿接的。

"你找谁？"

"我找……陈祺。"

"你是谁？"

"我……是她老师。"

"老师……"

显然，男孩儿的话还没说完，电话就被抢走了，那边传来陈祺的声音："老师。"

听到陈祺叫自己，老柯紧张的神经一下子得以平复了。

"陈祺，是我。"

"我知道。"

"也没什么事，醒了，没见到你，挺惦记的，就打了电话。"

"我知道。"

"刚才那小伙子是谁呀？"

"噢，我男朋友。"

陈祺这么说，老柯又有点儿紧张。

"那，我就挂了。"

"您保重身体，有时间，我们一起去看您。"

"好，再见。"

"再见。"

老柯关上电话，抬头看了看天，早晨的阳光真温暖，人流都被它照热了。老柯打了一个大大的喷嚏，险些把肩上的机器震落到地上。

一定是这丫头在叨咕我呢。

他想。

4

男的很瘦，女的更瘦。这两个人到饭店吃饭不是一次两次
了，每次的吃食都是固定的，一盘驴肉，一盘凉菜，一屉饺子，
一人一杯白酒，一瓶啤酒，白酒换啤酒的时候，一人吸两支烟，
烟雾很快就把两个人环绕住。两个人每次来小饭店吃饭，都是在
屋里，这一次却是在镜头里，吃的规矩和程序没变，唯一变化的
是衣服。以前，女的总穿长袖衣裤，现在换了裙子，老式的碎花
长裙，有一点儿旧，但很干净。女的戴眼镜，镜片一闪一闪地泛
着光泽。

一个月后，老柯就接到了学生的电话，陈祺告诉他，自己
怀孕了，反应很厉害。原来也没当回事，只是例假过的天数太多
了，就买了试纸来测，上边出现了红杠，她不敢相信，又去医院
查，得到了进一步的证实。

老柯没经历过这种事，心里就有点儿慌。可慌有什么用呢，
问题来了，还是先解决问题吧。

他想了一个晚上，决定带学生去外地做。

老柯虽然不是什么公众人物，但在这个城市里，认识他的人
太多了，他带学生去做人流，万一让哪个熟人撞见，总有诸多的
不方便，怎么和人家解释呢？人家又会怎么看，怎么说呢？

他约陈祺见面，把自己的想法说了。陈祺倒不反对，这让老柯大大地松了一口气。

于是，老柯给在C城的朋友打电话，把真实情况告诉了他，让他在当地联系最好的医院，最好的大夫，最好的护工，他随时准备带学生过去。

朋友说："没问题，C城将为您提供最好的服务。"

老柯说："都什么时候了，哪有心开玩笑。"

朋友笑了，说："你还行，换了我，打死也种不上了。"

老柯说："意外，纯属意外。"

朋友说："生活嘛，什么情况都可能发生。"

老柯说："全仰仗你了。"

朋友说："这算什么事呀，千万别挂在心上。"

老柯说："谢谢。"

老柯说"谢谢"的时候，声音有点儿呜咽，眼睛也有点儿潮湿，他赶快挂了电话，努力控制自己的情绪，不让内心深处的委屈像涟漪一样一圈圈扩大。

他和陈祺通电话。

陈祺问他："我请几天假呀？"

他说："能多请就多请吧。"

陈祺说："七天？"

他说："最好是二十一天。"

陈祺说："那太困难了。"

他说："编个理由。"

陈祺说："我们同学有做人流的，当天就上学了，没什么事，我们还用去外地吗？"

老柯突然发了脾气，大声说："身体是你自己的，其他什么都无所谓。"

陈祺听出他声音的变化，赶紧说："你急什么呀？"

老柯说："废话，我能不急吗？"

陈祺说："我试一试吧。"

老柯说："理由你自己编，周末走，我这就去订票。"

老柯大步走在人行道上，他的大脑里除了订票外，一片空白。他用力地迈步，好像只有这样，他才能体会到自己的力量依然存在。

订完票，他又给自己的另一个朋友打电话。

"替我盯几天机器吧。"

"你干吗去？"

"有点儿急事，要出一趟门。"

"哪天？"

"周五。"

"行。"

老柯犹豫了一下，还是说了，"不好意思，你再给我带点儿钱过来吧，我这个月手大，花空了。"

"要多少？"

老柯在心里计算一下，说："三千吧。"

朋友说："你走之前给你。"

一切都安排好后，老柯的心里应该平静，可不知为什么，他反而焦躁起来，他想让时间快点儿过，时间过得快了，这件事情也就结束得早了，到那时，他才能重新找回坐在机器旁的安稳的自己。

5

　　有一个五十多岁的男人喝多了，慢慢悠悠地从镜头前走过，他的朋友跟过来扶他，想把他送回家去。男人挣扎着，嘴里乱乱地叫着什么，他指着自己的脸，上边是道道划痕。朋友扶着他往回走，他一下子扑倒在地上，倒下之后，便不再起来了，朋友推他，他翻了一个身，再推他，他又翻了一个身，他的脸上是血，衣服上沾满尘土。朋友再推他，他不动了，朋友似乎很生气，开口骂他，骂着骂着，竟然动手打他，拳脚如同雨点一般落在他的身上，可他像一团被捆紧又松开的棉包一样，一点儿反应也没有。

　　老柯和陈祺是坐火车去的C城，C城不大，但经济发达。由于朋友事先帮着联系好了，他们一到那里，就入医院，刚办好住院手续，就接到了通知，第二天上午手术。

　　手术日期定下来了，心里的石头下沉了大半。

　　接着，是见护工，护工四十多岁，孩子已经上大一了。她在家中无事，便找护理公司，应聘护工。她人好，身体健康，手脚麻利，很顺利地进入护工这个行列。

全天护理，一天八十元。

这个价钱不贵。

老柯的朋友是电视台的编导，和老柯也算是同行，他们经常合作，相处和谐而且愉快。当着陈祺的面，朋友不和他开玩笑，反而说话十分尊重，他有意淡化老柯他们来C城的目的，尽量谈论一些轻松的话题。

老柯理解朋友的用心。

当天晚上，朋友拉着他们在市区转了一圈。之后，进入C城最繁华的酒店摆了一桌酒席。虽然只有三个人，但饭菜十分丰盛。老柯和朋友喝了一瓶白酒，陈祺喝了一点点红酒，因为知道陈祺喜欢电影，朋友大谈特谈欧美先锋电影的拍摄技巧及审美理念，言语之间，钦佩又羡慕。

第二天的手术进行得很顺利，陈祺出来的时候，冲着老柯笑了一下，这笑容里有无奈，有苦涩，有解脱，有轻松，老柯赶紧走过去，握住了她的手，护着她回病房。

护工准备好了红糖水，见陈祺安稳下来，轻轻地把杯子端给她。

陈祺感激地点点头。

整个下午，老柯没有走出病房一步，他就那么空落落地坐着，眼睛望着窗外，一言不发。

他想起自己的《镜头》。

想起卞之琳的那首诗，是呀，当你把别人当作风景来看的时候，其实你也是别人眼中的风景。

护工的年纪和他相仿。

护工说："你这个当爸爸的真尽心呀。"

老柯苦笑一下，没有解释。

陈祺看了他一眼，脸有些红了。

黄昏，朋友开车过来，带了一大罐子鸡汤，他和老柯并排坐在那里，看着陈祺把晚饭吃完。

"怎么样，我的手艺，还可以吧？"

"真香。"

护士说："真难为你们两个大男人了，心还挺细的。"

朋友说："哪里，哪里，再细也细不过你们女人。"

见陈祺把饭吃完，护工将手中的热毛巾递给她，陈祺擦了手，又擦了脸，身子往被窝里缩了缩。

陈祺想起什么，催老柯和朋友，说："你们还没吃饭吧，快去吃点儿东西吧，一定是饿了。"

朋友看了一眼老柯，说："我还真是饿了。"

老柯说："走，我请你。"

朋友站起身，对陈祺说："你好好休息吧，我们哥儿俩去喝一杯。"走到门口，又回过头说，"今晚他就归我了，你不用惦记。"

陈祺犹豫一下，还是点点头。

走出医院的大门，老柯伸长了手臂，把缩到一起的筋骨全部打开。

朋友说："地不错，挺肥沃。"

老柯说："再肥沃也不耕了，太麻烦。"

朋友说："采取点儿措施呀。"

老柯说："激动，忘了。"

朋友拉开车门，说："冲动是魔鬼呀。"

老柯说："冲动是魔鬼！真是魔鬼！！"

6

那辆"奥迪"车又停在了镜头里，不过，这一回车上是一男一女两个人，车窗玻璃是挡上的，那两个人全部龟缩在后排座位上。偶尔，车窗摇下一条缝隙，一缕淡淡的烟雾从缝隙间爬出。一个烟头被扔出来，随即，那条缝隙又一次合闭了。时间滴滴答答地过去，谁也说不清那一男一女在车里干着什么。他们始终没有走出车门，等车内一阵人影晃动之后，那只巨大的甲虫快速地爬走了……

陈祺在医院里住了七天，七天的日子如同一天一样。吃了睡，睡了吃，没有更新鲜的内容可以更换。老柯上午睡觉，下午过来陪她，晚上出去喝酒，他的话越来越少，烟越抽越多。

如果一定要说七天里发生了什么事，那只有一件。

护工让人给打了。

那天下午，老柯刚进病房不久，一个男人推门走了进来。

老柯问："你找谁？"

男人四下里看看，没有答话。

老柯又问："你找谁？"

"赵淑香。"

这里没有赵淑香。

但是，老柯很快就反应过来了。护工姓赵，这个男人一定是来找护工的，他刚要搭话，却看见护工拎着空盆进来了。

她看见那个男人，愣了一下。

"你来干啥？"

"给我点儿钱。"

"没有！"

"你他妈给不给？"

"没有！"

男人二话不说，揪住护工的头发就往走廊拽，护工的半个身子刚出病房的门，男人就开始动手打她。男人倾尽全力，拳头在护工的身上发出"啪啪"的闷响。

老柯跑过去，想拉开那个男人，可那个男人疯了一样，死死抓住护工不放。

后来，医院的保安冲过来，把男人强行拉走了。

事后，护工哭诉，那个男人是她的丈夫，不干活，每天就知道喝酒、赌博，不管她，也不管孩子，没钱了，就来找她要，如果不给，动手就打。

陈祺说："那你就给他呗。"

护工说："姑娘，我给他，给了他，孩子怎么办，孩子还得念书呢！"

除祺说："他可真狠。"

护工说："差孩子，不差孩子，早和他离了。"

老柯内心十分感慨。

护工叹了一口气，突然把脸一抹，努力把笑容显露出来，她高声说："不说这些破事了，让你们听着心烦，晚上想吃啥，我去给你买去。"

陈祺说："我还不饿，你快去找医生看看吧。"

护工舔了一下嘴唇，说："没事儿，早习惯了，快说，吃啥？"

陈祺说："买份盒饭算了。"

护工说："那怎么行，你等着，我给你买鱼去，我知道有一家饭店做鱼可好吃了。"说完，也不等回话，拔腿就走了。

老柯在心里说，我每天给你加二十块钱。

陈祺说："真不容易。"

老柯说："是呀，真不容易。"

7

那条黄狗又出来了，这一回，它没和那只小白狗打仗，而是跟在它屁股后边嗅了又嗅，嗅过之后，不安分起来，前腿往白狗后背上一搭，稀里糊涂地把白狗给配了。有意思的是，领小黄狗出来的不是男人，而是女主人，她看见自家的狗的举动之后，很是生气，上前一脚把小黄狗给蹬了下去，她骂道："要找你找个年轻的，找了这么一个老太太。"

从C城往回走，老柯终于显现出疲惫来。他坐在朋友特意给他们买的软席座位上，不知不觉就睡着了。

这一回，他做一个清晰的梦。

他梦见了自己的母亲，坐在一片青草地上，正微笑地看着他，母亲的身边开满各式各样的小花，微风拂动，小花像婴儿的小手一样不停地对着他招摇。

他喊母亲。

可是，母亲并不答话。

他想去拉母亲，可身子说什么也动弹不了。他很着急，越着急越不能动，终于，在他最后无奈的挣扎中，眉头猛地一耸，人彻底醒了过来。

"怎么了？"陈祺问。

他摇摇脑袋，说："没什么，做了一个梦。"

"梦见什么了？"

"忘了，瞬间就忘了。"

他掏出手机，给帮自己看机位的朋友打电话，告诉他，自己回来了，再过两个多小时就到了。今天他不用替他了，他自己可以工作了。朋友说，你再休息一天吧，刚回来，行吗？他歉意地说，行，已经麻烦你这么多天了，真不好意思，朋友说，你又说外道话了。

火车穿越山地，手机没信号了。

他对陈祺说："人虽然回来了，还是要休息，怎么也得半个月。"

陈祺说："我知道。"

他说："要不，再找一个护工。"

陈祺说："你已经做得够多的了，剩下的事我自己处理。"

老柯没再说什么。

他站起身，走到车厢连接处，点燃一支烟。

这时，C城的朋友电话进来了。

他刚才去医院办出院手续，遇见了那个护工，那个护工给他一百四十块钱，说是买饭买菜剩下的。

老柯心里一热。

他说："什么剩下的，是我多给她的钱，她给退回来了。"

朋友说："没想到，这姐们儿还挺讲究。"

老柯叹了一口气。

"那咋办？"朋友问他。

老柯说："一定把钱给她，她挺不容易的。"

朋友说："好吧。"

老柯努力想那个护工的名字，想了半天，终于想起来了，她叫赵淑香。

火车在平原上飞驰，田野里的玉米芽泛着鹅黄，泛着浅绿，它们一株紧挨一株，把那美丽的颜色从老柯眼前一直涂到了天边。

自己的城市到了。

老柯和陈祺随着人流往外走，他感觉自己也像一株玉米，正要拔出新节。

"等我休息过来，就去看你。"陈祺说。

"先休息吧，别的事再说。"

"你不会讨厌我吧？"

"不会，我怎么会讨厌你呢？"

"那你说喜欢我。"

老柯看看左右的人群，保持着应有的沉默。

出站口到了，远远地，看见一个小伙子在招手，嘴里大声地叫着："陈祺，在这儿呢，在这儿呢。"

陈祺也兴奋了，说："我男朋友。"

老柯下意识地推了她一下，说："快去吧。"

陈祺说："那我走了。"

"快走吧。"

陈祺小跑着奔向那男孩儿。

"小心！别跑！"老柯喊了一声。

可是，陈祺根本没有听见。

……

从C城回来不久，老柯得了尿道感染，他想，这段时间火太大，吃点儿药就好了，可又一想，吃药可能来得慢，还是去医院里看看吧，不行就打几天吊瓶。

他到医院，做了一系列检查。

医生看他的前列腺液单子时问他："结婚了吗？"

老柯点点头。

"有孩子吗？"

老柯点点头。

医生说："那问题不大。"

"怎么了？"老柯有点紧张，"我究竟怎么了？"

医生笑了，说："别紧张，你不能生孩子了。"

老柯的头"嗡"了一声。

8

老柯也说不清自己是怎么想的，这一天，他架好机器后，自己跑到镜头前站了半天，最后，他趴到镜头上，给自己来了一个特写。然后，他把机器一收，一脚迈进小酒店，一声不响地喝起酒来。

春天结束了，《镜头》封镜了。

自杀事件

这个夏日的早晨有点儿闷。

由于头一夜没有睡好，夏春秋的大脑昏沉沉的。他躺在那里，用手背使劲儿揉了揉发硬的眼皮，终于强迫自己睁开眼睛，面对这个他突然感到厌倦的世界。

这段日子发生了许多事。

对于夏春秋来说。

第一件，他离婚了，在他五十岁生日这一天。协议离婚，没有纠纷，甚至没有争吵。儿子从就读的南方学校给他们发来一条短信，说：恭贺！他和妻子都明白儿子的意思，吵了半辈子了，终于安静了。当初，儿子一定要考南方的大学，究其原因也在此。所以，当他们分别收到信息时，都没有感到惊讶。

离了就离了。

他向妻子要三万块钱，环视一下满墙都是嘴巴的老式三居室的家，头也没回地走了。

离婚对他打击不大，但接下来发生的事，让他一下子就懵了。

也就是第二件事。

离婚不久，他所在的企业黄了。换句话说，被人兼并了。再换句话说，他失业了。新企业一刀切，五十岁以上的，一次性买断工龄——原来一年的工资除十二个月，再乘上工龄，所得出的数字，就是你买断的钱。

夏春秋拿到了三万多块钱。

夏春秋有了六万多块钱，这是他一生中独自拥有的最大数目的存款，但，他内心的悲凉告诉他，这也是他一生中最贫穷的时候。

接下来，发生了第三件事。

夏春秋感到自己的胸口疼，就到医院检查，检查了一个多月，也没有查出什么。一个大夫说，他的肺部有阴影，怀疑是癌症，需要进一步确诊；一个大夫说，可能是肺结核，要马上入院治疗；一个大夫说，是肺内感染，没什么大不了；最后一个大夫说，不管是什么，先挂上吊瓶再说。

于是，他住了二十天医院，每天稀里糊涂地打吊瓶。

离婚之后，夏春秋在西苑小区租了一个一室一厅的房子，算是自己暂时的安身之处。他很茫然，不知道自己今后要干什么，也不知道自己能干什么。在原来的企业，他是文秘，失业之后，有一些老工人被乡镇企业返聘了，可他一旦离开了厂办，仿佛就失去了一技之长。

细想想，会写报告，也算不了什么一技之长。

他除了苦笑，只有叹息。

病一直没有确诊，这让他陷入绝望；可正因为没有确诊，又让他在绝望之中，产生了巨大的希望。他遵几个医生中的一个医生的医嘱，回家静养，以观其变。

吃饭，睡觉。

睡觉，吃饭。

这是他现在生活的全部内容。

夏春秋感到极度的无聊。

这天早晨，他犹豫了很长时间，终于咬咬牙，从床上爬起来，也不梳洗，只穿了背心和大裤衩，拖拖拉拉地往楼下走。

他租的这个房子的楼下就是一个市场，市场里有一家小吃店，经营馅饼、米粥、面条、馄饨等吃食，因为味道鲜美，所以顾客较多。夏春秋一个人，不愿意起火，小吃店就成了他的食堂。他住进小区的时间不长，但对于小吃店来说，他俨然是个老顾客了。

还说这天早晨，夏春秋出了楼门之后，径直往小吃店走去，他刚走到楼头，就看见一大群人在那里比比画画，吵吵嚷嚷，神情非常激动。

一定是出了什么事情。

夏春秋往前紧走两步，顺着若干个手指头的指点，抬头向上望去，发现二十米外的大烟囱上站着一个男人。烟囱太高，看不清那人的脸，看不出他的年纪，只能看见他在上边一会儿站起来，一会儿蹲下去。

"怎么了？"夏春秋问旁边的人。

"要自杀。"那人回答。

"为什么呀？"

"不知道。"

这时，远处传来消防车的警报响，那个男人不再犹豫，纵身一跃，如同一只笨重的大鸟，经过短暂的翻腾，"嘭"的一声落在地上。

地上迅速开出一朵鲜红的大花。

他死了。

毋庸置疑，死了。

整个清晨，小区的人都沉浸在这个意外的自杀事件中，有人说，那是个农民工，因为老板拖欠工资，想不开，自杀了；有人说，他之所以等119、120、110来，目的就是要引起社会的注意；还有人说，他被老婆抛弃了；更有人说，他得了不治之症，觉得生活无望，下了很大的决心，走上了这条绝路……

夏春秋坐在小吃部里，守着一碗馄饨，脑袋如同被注水一般。

不知为什么，他对那个自杀的人充满了同情。

他想：他爬烟囱前，要是遇见我就好了。我会好好劝劝他，兴许他能放弃这个念头。我的生活又何尝比他好过呢，不管怎么说，生活要继续，咬牙也得挺下去。

这样想，就更加伤感起来。

好像自己有些对不起他。

第二天，报纸登出了消息，证实了他的身份。他不是农民工，而这个城市的下岗工人。没离婚，有一个孩子，脑瘫。失业后，他组织了一个小包工队，在工地包木匠活，本来前景可观，谁知工程结束后，他上边的大包工头跑了。大包工头包木匠、力工和混凝土，和建筑单位结完款后，蒸发了。

下边的工人无所谓，包吃包住，一天八十元，一天一结账。钱全由小包工头垫付。苦就苦在几个小包工头了，原以为可以捞一笔钱，谁知竹篮打水一场空，该拿的没拿到，连自己原有的也丢失了。

那个人想不开，就跳了烟囱。

小吃店的老板娘说："想一想，造孽呀，他一走了之，留下那孤儿寡母可咋活呀。"

服务员说："可不是咋的，那孩子还有脑瘫。"

老板娘说："给报社打个电话，看能不能给她捐点儿款。"

服务员说："咱们这几个钱，能帮上她什么忙呀。"

老板娘说："多少是个心意，咋说也是个安慰吧。"

就在这时，广播里突然播放了一首歌——《让世界充满爱》。

"轻轻地捧起你的脸，为你把眼泪擦干，这颗心永远属于你，告诉我不再孤独……"

一瞬间，夏春秋的眼泪流下来。

也正是这一瞬间，夏春秋做出了一个决定，他要送给那个可怜的女人和孩子三万块钱。

说干就干，夏春秋好像一下有了精神支柱。

他给报社的记者打电话，说自己想要自杀者的家属地址或联系方式。记者是个女孩儿，问他，想干什么。他说，想送点儿钱。可以听出来，那边一下子就兴奋了，问他，为什么要送钱呢？他说，没什么，只是觉得那女人可怜。记者更加兴奋了，说，你是一个好心人，我能采访你吗？我们可以做一个后续报道。夏春秋一听脑袋就大了，他只想干这么一件事，根本不想引起什么轰动效应。想一想自己的名字登在报纸上，那将是一件多么滑稽而可笑的事。

他拒绝了。

记者还试图说服他，可他的态度十分坚决。

记者想了想，说："那好吧。"

记者给了他一个手机号码。

夏春秋按照记者留下的号码打电话过去，电话一通，那边就一连声地说："谢谢，谢谢！"

夏春秋愣住了，自己还没说什么事呢，对方怎么就这连声道谢呢？又一想，明白了，刚才挂电话挂了半天才挂通，敢情是记者在和她沟通情况呢。

想一想，笑一笑，摇摇头说："没什么，我就是想送点儿钱给你们。"

"大哥，你贵姓？"

"我……就算一个好心人吧。"

有些话，电话里说不明白，当下约了时间，夏春秋去她的家里见面。

夏春秋去银行取了三万块钱，用报纸包好。他没有注意，他包钱的那张报纸，正好登有自杀者的相关消息。他把钱放进背包里，打了一辆出租车，直奔死者的家里。

夏日的阳光是那么的充足，无论照到什么地方都那么耀眼。街树的绿叶极力地撑开身体，让每一片叶脉都展露在阳光之下。

偶尔，有飞鸟从枝杈间冲出，向着湛蓝的天空鸣叫。

"人活着，不容易啊。"出租车司机突然说。

夏春秋点点头。

"听说了吗，有一个哥们儿从烟囱上跳下来了。"

夏春秋点点头。

"都是因为钱呀。"司机感慨地摇摇头。

这一回，夏春秋没什么表示。

见他不言语，司机也失去了说话的趣味，便独自点燃一支烟，摇下半扇窗子，深深地吸了一口，向外吐出烟雾。

夏春秋所在的城市不大。他要去的地方说话间也就到了。他付了打车费，拎着自己的包下了车，下意识地抬起头，看看太阳，看看天空，并长长地呼出一口气。

上楼。

敲门。

然后，他要见的人就出现在了他的面前。

这是一个三十多岁的女人，圆脸，微胖，有一颗虎牙。说话的声音沙哑，眼睛水肿，头发有一些篷乱。

"是，是大哥吧？"女人问。

"是，是我。"

不知为什么，双方好像都有点儿紧张。

"快，请进吧。"

"好。"

进屋的时候，夏春秋本来要脱鞋，被女人制止住了，她说，这几天家里来人多，早不顾忌那么多了，不用脱鞋，快进来吧。夏春秋也不坚持，就进到了屋里。

这时，他才看清，屋里除了女人和那个孩子——十岁左右，头很大，正依在一个老太太的怀里——后来知道，老太太是女人的婆婆，还有一个女人和两个男人。

女人介绍说，那个比她年轻一点儿的女人是她妹妹，而那两个男人是她的弟弟，一个是亲弟弟，一个是小叔子。

女人请他坐下，给他倒了一杯水。

夏春秋连忙站起身子，说："不客气，不客气。"

女人说："家里出了这么大的事，也没有心思招待客人，一杯白开水，您喝点儿吧。"

满屋子的人都说："喝吧。"

夏春秋点点头。

他从包里拿出那个报纸包，轻轻地放在茶几上，说："大妹子，人已经走了，不能复生，你一定要节哀顺变，你看，这一家老的老，小的小，你要是倒下了，这个家可就真的垮了。"

听他这么说，女人的眼泪又落下来了。

夏春秋赶紧又劝："别哭，别哭，多大的困难我们都能闯过去。"

女人停止了抽泣，问他："大哥，您贵姓，留个名吧，我们不能收了您的钱，却连恩人的名字都不知道。"

"不不不，你们不用感谢我，我只是尽一点儿绵薄之力而已，时间不早了，我也该回去了。"

女人拉住他的衣袖，说："大哥，留下个名字吧。"

夏春秋说："不了，如果你实在想知道我的名字，就叫我好心大哥吧，真的没什么，没什么。"

夏春秋往外走。

女人突然问："大哥，你认识张泰来吧？"

夏春秋愣住了，张泰来？他努力想了半天，在自己的生活中从来没有出现过这么一个人，张泰来？他把自己的亲戚、朋友、同事迅速地在大脑里过了一遍电影，确实没有。

女人又问："大哥，这钱是张泰来让你送来的吧？你一定知道他在哪里？"

"张泰来，我根本就不认识这个人。"

这时，女人的弟弟中年纪略长的一个站起身，快步走到他面前，快速地出示了自己的证件。

他说，"我是公安局的，请你跟我们走一趟。"

这一回，夏春秋彻底糊涂了。

"公安局？我和公安局没什么关系呀。"

"请你协助我们调查。"

"我……"

"对不起，请吧。"

夏春秋连人带钱被押到了公安局。

在接下来的若干天里，夏春秋的生活完全乱套了。首先，刑警队的人怀疑他和张泰来是一伙的——到了公安局他才知道，张泰来就是那个携款逃跑的大包工头——可这和他有什么关系呢？他只想帮帮那娘俩儿，他和什么张泰来根本就没有任何瓜葛！

可刑警队的人不这么认为，他们提出了一连串的质疑——他们调查了夏春秋在银行里的存款，他并不是什么有钱人，为什么会拿出自己积蓄的一半送给死者家属？他明明失业，自己的生活尚未着落，他有如此举动，实在不符合常理。

还有，怎么那个巧，他包钱的报纸竟然是刊登死者自杀消息那一天的，这仅仅是一个巧合吗？

刑警队的人告诉他，暂时不要离开本市，他们随时会找他。

事实也是如此。

说不定什么时候，刑警队的人就会找到他，向他提出一些莫名其妙的问题。

还有，他打电话寻问地址的那个女记者真的写了一篇"后续报道"，而且，报纸上还登出一张他的照片，虽然只是背影，但认识他的人，一眼就能分辨出来。

让人生气的是，女记者引用了刑警的话，"这个人的身上充满了疑点。"

最让夏春秋受不了的是，死者家属不知怎么找到了夏春秋的住处，一遍遍地来敲门，哭着喊着让他说出张泰来的去向。

死者的妻子说："市里烟囱那么多，他为什么偏偏选你家门口的这个烟囱跳呀，你说你不认识张泰来，谁相信呀。"

夏春秋简直要疯掉了。

终于有一天早晨，夏春秋来到了那个大烟囱下，他仰头向上观瞧，心里想，如果，此时我要是站在那上边，会不会有人来劝劝我呢……

飘浮在空气里的人

　　早晨，何乐还睡在床上，可到了夜晚，他却睡在了纪念碑的尖顶上，他不想下去了，他觉得这里很安稳。许多人都在寻找何乐，甚至，他怀孕的妻子曾在广场上大声地叫他的名字，但他似乎只移动了一下屁股，便又停下来了，他长吸一口气，往尖顶的中心部位靠了靠。

　　一切都静下来了，真正意义上的睡眠像潮水一样袭来。

　　久违了，如此的、无梦的安睡！

　　何乐原是一家国有企业的厂部干部。后来，厂子倒闭了，他和几百名下岗工人一样，离开自己的工作岗位，成为社会上一个普普通通的失业者。

　　他的经历并不复杂。

　　20世纪80年代初期接班入厂，从一名小工人干起，一直干到质检科副科长。当工人的时候，和厂内的一个名叫谢冬梅的女工结婚，婚后生有一女儿；后来，因感情不和，二人协议离婚。女儿随母亲，他每个月给生活费。房子归女方，他搬进厂里的单身职工宿舍。

何乐提副科长后，有一次跳舞的时候，认识了一个比他小十岁的女孩儿，女孩儿没工作，在地下商场卖服装。二人一见钟情，很快就订下终身。他用自己的积蓄买了一处一室一厅的二手房，精心布置一番，算是给自己和那个女孩儿留下了一个小小的爱巢。

这个女孩儿叫战冬梅，和他的前妻同名不同姓。

有时何乐觉得好笑，自己这辈子，就和冬梅杠上了！

也许这就是命！

他和战冬梅结婚的时候，没有请几个人。因为他最好的几个同学都反对这场并不相称的婚姻。所以，集体拒绝参加婚礼，只是前一天到他的家里去，把礼金送给了他。

这件事情让他很伤感。

可是想一想战冬梅娇小玲珑的样子，这种伤感很快为情欲的甜蜜与酣畅所代替。

事实上，他们那几位同学可谓预见超前，何乐与战冬梅结婚三个月，就展开了一场恶战，恶战的起因是战冬梅不想给人打工了，要自己租床子，让何乐向自己的姐姐借本金，而何乐出于自尊心的需要，不肯跟姐姐张口；恶战的结果是，战冬梅离家出走了，一个人去了外地，一走就是一年多。

这中间，战冬梅回来过，很痛快地把婚离了。走时带走了两个人的所谓的家产——一万多元的积蓄，把何乐一个人和一室一厅的新房留在了曾经的婚姻的旧梦里。

何乐感到痛苦。

他的同学们，像商量好了似的，集体回到他的周围，安慰他说："根本就不行的事，离了更好。"

他和同学们一起喝酒、打牌，日子虽然单调，但非常自由。只是，每每酒醉醒来，内心无比空落。这种空落来临时，伴着巨大的哀伤和孤寂，让他不能自拔。一般都是凌晨三四点钟的时候，醒来了，微合着双目，感觉天光一点点放亮。

何乐下岗了，一直没有找到合适的工作。正在他苦闷不已的时候，他开"足道"的堂哥找到了他，堂哥扩大了营业面积，需要一个管钱的帮手，交给别人不放心，思来想去选择了他。

他的职务是副经理，月薪两千六百元。

在这样一个经济不是十分发达的北方城市里，两千六百元的工资算得上小资阶层了。

何乐工作很敬业，多半就睡在"足道"里。

如果他不睡在"足道"里，也许就不会有田月玲的事，正因为他睡在了"足道"里，所以，他和他手下的按摩师田月玲发生了一次不清不白的关系。

这话还得从何乐离婚之后说起。

战冬梅走了，何乐的日子一下子变得什么乐趣也没有了。除了和同学喝酒、打牌，他最大的享受就是一个人坐在"足道"的办公室里，一边喝酒，一边看篮球。

他喜欢篮球，最喜欢的运动员是"湖人"的科比，所以，只要有科比的比赛，他一般哪里也不去，买几瓶啤酒，买点儿豆腐串和香肠，坐在电视前一动也不动。

兴奋的时候，他会叫着科比的名字。

就像田月玲兴奋的时候，会叫着他的名字一样。

事情说来简单。

那天下雨，"足道"客人少，他喝多了，去卫生间小解，回来的路上，在走廊里看见了田月玲——当时的灯光下的田月玲是美丽的——三十多岁，正是女人最丰腴的年龄。而且，田月玲没有生过孩子，体形保持得一直很好，何乐的目光有点儿迷离了。

"吃饭了吗？"他问。

"还没有。"

"那就快吃吧。"

"这么晚了，吃啥呀，只能吃方便面了。"

何乐说："我办公室里有吃的，一起吃点儿吧。"

"好啊，你可别心疼，我能吃得很。"

何乐笑了，说："我是那么小气的人？"

"那我就不客气了。"田月玲也笑了。

"客气，那就外道了。"

何乐平时和员工之间的话很少，不知为什么，这个有雨的晚上和田月玲的话竟然这么多。事后他反思自己，为什么话多？说白了，他潜意识里是想和田月玲"那个"，没想到田月玲也想和他"那个"，所以，两个人一拍即合。

田月玲刚排完一个班儿，所以，她有的是时间。

何乐的房间不大，但分里外两间。外间是会客室兼办公室，里边小一点儿的，是休息室。他和田月玲就在他的休息室吃东西——所谓东西是何乐的老三样，豆腐串、香肠、酱牛肉，每样都剩下好多，换一句话说，何乐光顾着看电视喝啤酒了，这些东西他根本没动。

两个人一边吃，一边闲聊。

这时，何乐才知道，田月玲已经离婚好几年了。

弟弟上学，父亲有病，家里的地卖了，得的钱给父亲看病用了。现在，家里的一切完全靠她在"足道"的收入维持。

说到自己的家境，田月玲落下泪来。

何乐伸手拍了拍她的后背。谁知，田月玲却顺势歪在了他的怀里，肩头抽动得更厉害了。

再后来，他们就把衣服脱了。

但，做没做成那事儿，何乐说不清楚，因为他的大脑出现了空白——田月玲说他做了，因为她在兴奋的时候一直叫着他的名字；而他的反应是把她抱得更紧了——何乐觉得自己没做，因为两个人准备做那事时，由于太激动，他的手磕到桌子角上了，结果弄得床上、衣服上都沾了血。试想一下，在这样的一种境遇里，谁还有心思做那事儿呢？

田月玲附在他的耳边说，"我的内裤上还有你的血呢，看你还敢赖。"

何乐尴尬地笑了。

他除了尴尬的笑，还能说什么呢？

何乐没有想到，这唯一的一次艳遇为他日后的工作增添了无穷无尽的麻烦，不但是工作，就连生活也是如此，开始的时候，他还能够应付。到了后来，何乐被田月玲折磨得几乎要崩溃了。

田月玲向他借钱。

每次不多，二百、三百，理由十分充分，她父亲又得买药了，她弟弟要买复习资料了……说是借钱，不如说是要钱，她把自己和何乐的关系弄得像情人似的，说话的口气自然而随便。

"喂，兜里有钱没有，给我拿二百。"她突然出现在他面前，脸上尽是庄重。

"有。"何乐一边说，一边摸口袋。

"开支还你。"她说。

"还什么还，拿着用吧。"他亲昵地推了她一下。

她白了他一眼。

这些小动作挺暧昧。

头几次拿钱，何乐挺痛快。可是，田月玲用钱的频率越来越高，数目越来越大，弄得何乐有些不堪重负。终于有一次，何乐说："你当我是提款机啊！"

话当然是以玩笑的方式说的，但谁都能听出其中的含意。

田月玲看看她，无限委屈地说："谁让你要了我了。"

"就算要了你，你也不能拿我当提款机啊，就算是提款机，也有提空的时候啊！"

"那你也不能白要吧！我的内裤上还有你的血呢！"

何乐一下子就傻了。

话说到这个分儿上，脸皮也撕破了，何乐终于明白了"没有免费的午餐"的道理。

两个人讲好，月底开支的时候，何乐以五千块钱的价格买下那个有他血迹的内裤，从此以后，两个人的情债一笔勾销。何乐几乎哭出声来，他和她之间有什么情啊？连他妈的一夜情都不算。田月玲第一次向他借钱的时候，他约她第二天上午去他家里，可是，田月玲借口买药给推了；那以后，还约过几次，都被她连唬带蒙地岔过去了。他是竹篮子打水一场空。

可也不能说完全是空的，还有一个带蕾丝花边的裤衩呢！只是，这个裤衩也太他妈的贵了！

如果只有田月玲这一件事，还好应付。让何乐万万没有想到的是，他的二任妻子战冬梅回来了，而且挺着个大肚子！

那天，他喝了很多酒，歪歪斜斜地回家。在楼道的唯一的一盏感应灯下，坐着一个臃肿的女人，把他吓了一跳。待定晴细瞧时，他何止吓了一跳，如果不扶墙，简直可以滚下楼去。

那个臃肿的女人竟是战冬梅。

战冬梅看见他，很激动，"哇"的一声哭了。她一只手扶着腰，一只手拄着地，费力地站起来，一步一步地向他走来。

"你上哪儿去了？我都等你一下午了。"她一边抽泣，一边问。

"我，我……"

"你手机怎么关了？"

"我，我……"

"你又上哪儿喝酒去了？"

"我，我……"

何乐什么话也说不出来。

进到家里，战冬梅指着自己的肚子，不无怨气地说："你儿子，六个月了。"

何乐的酒完全醒了。

战冬梅看出他的犹豫，马上说："你别不承认，想一想离婚的那天晚上，你对我干了什么？"

干了什么？

何乐想起来了，离婚的那天晚上，战冬梅依然住在家里，他们有一点儿感伤，有一搭无一搭地说话。后来，他提议喝点儿酒，就从冰箱里找点儿冷食，开了一瓶红酒，两个人一杯接一杯地喝起来，红酒喝完了，喝白酒，白酒喝完了，又从床底下找到两瓶啤酒，等啤酒也喝完了，战冬梅突然死死地盯住他。

她说："让我再尽一次妻子的义务吧。"

这话说得文绉绉的，但很深情。

两个人就又过了一次夫妻生活。

第二天一早，战冬梅就走了。走了之后，何乐从来没有想过她还会回来，现在她回来了，何乐不知道如何是好。

他一点儿打算也没有！

战冬梅说："复婚。"

战冬梅说："我们一起好好过日子，我再也不走了。"

战冬梅说："我们共同把孩子养大。"

战冬梅说："儿子的名字我都想好了，叫何战。"

战冬梅说："你明白我说的意思吗？"

一直都是战冬梅在说，她说了些什么，何乐一句也没有听清，现在，他满脑子只是一个问题："这个孩子是我的吗？真的是我的吗？"

战冬梅"呼"地一下站起，问："何乐，你给我说清楚，你是不是对我肚子里的孩子表示怀疑啊？我告诉你，我可以和你去做亲子鉴定！你别想推卸责任！"

看见战冬梅信誓旦旦的样子，何乐更不知道自己该怎么办了。

他跑下楼去，给他妈打了一个电话。老太太倒很冷静，说，亲子鉴定是一定要做的，是亲生的，就母子都留下来，复婚也好，认子也好，什么都可以答应；如果不是，立马走人！

老太太很会办事，对他说："这样的话你不好说，万一真是你的孩子，将来会影响夫妻感情。"

他问："我不好说，谁来说？"

老太太说："我说。"

于是，老太太给战冬梅打了一个电话，约她第二天去她家里，她有话对她说。战冬梅明白老太太找她说什么，很爽快地答应了。

电话里，她一口一个"妈"地叫着，说："妈，我怀的就是您的孙子，您一定要相信我。"

老太太很开通，说："如果是我孙子，我给你们带。"

何乐家只有他这么一个男孩儿，孙子的问题一直是老太太的一块心病。何乐有三个姐姐，个个都给人家里生了男孩儿，只有何乐娶了谢冬梅，千祈万祷，还是生了一个女儿。

何乐和战冬梅结婚后，老太太曾经有过希望。谁知他们结婚只三个月，就各奔东西了。老太太的希望还没完全建立起来，就破灭了。

现在，战冬梅回来，并声称怀了何乐的孩子，老太太在处理问题的时候，当然要给儿子留一条后路。

战冬梅就这样暂时留下来了。

战冬梅每天和何乐算账。给婴儿买衣服多少钱，买奶粉多少钱，买尿不湿多少钱，买婴儿车多少钱，产前维护多少钱，胎教多少钱，手术多少钱，坐月子多少钱，亲子鉴定多少钱，复婚多少钱……

何乐的脑袋都大了。

战冬梅说："有一样可以省，就是亲子鉴定，大没有那个必要。"

何乐心里说，我最不想省的就是这笔钱。

何乐照照镜子，觉得自己的身体越来越单薄。

内外交困中，何乐决定先解决田月玲的问题。如果自己真的有了儿子，他不希望再有任何历坎坷、起波澜的日子。如战冬梅所说，他们要一起把儿子养大，至于养大了干什么，那是以后的事了，以后事谁又能说得清楚呢。

他东拼西凑，加上一个月的工资，终于凑齐了五千块钱。

钱凑齐了，他和田月玲约好的日子也就到了。

他们说好，一手交钱，一手交货。

开支的时候，他让田月玲排在最后，这样，他们就可以神不知、鬼不觉地在办公室里把交易做完。

一大早，何乐去领钱的时候，田月玲在"足道"门口碰见了他，故意大声说："快去快回，我们都等着你呢！"

她这样说，身边的几个按摩师都笑了，她们也附和着说："是呀，是呀，都等着你呢。"

何乐没有说话，穿好鞋，径直走了出去。

银行离"足道"不远，转过楼角，过了马路就是。由于是早晨，人不多，何乐很顺利地就把钱取了出来。他正要回"足道"，手机响了，号码有点儿陌生。

他没有出银行，犹豫了一下，把电话接起来。

"何乐吗？我是谢冬梅，你在哪儿呢？"

竟是他的前妻，确切地说，是他的第一任妻子。

"我在银行呢。"

"我就在你们'足道'的门口，你快回来，我找你有急事！"

"急事！"何乐的眉头皱了起来，问，"什么急事？"

"天塌下来了！"谢冬梅泣不成声。

何乐了解谢冬梅，从他们认识到他们结婚，从他们结婚，到他们生孩子，从他们生孩子到他们离婚……无论遇到什么事，谢冬梅都没有落过一滴眼泪，如今，她哭了，一定是发生什么大事。

他们已经离婚了，就算发生什么大事，她也不应该来找他呀！现在，她来找他……何乐的脑门上突然冒出了冷汗——她来找他，难道说是女儿……

这样一想，何乐顾不上关手机，一头冲出门去。

果然被他言中了。

女儿得了骨结核！

谢冬梅眼睛都红了，直截了当地说："我要钱！"

何乐连一点儿犹豫都没有，把刚刚从银行里取出来的钱一股脑儿地倒在了谢冬梅的包里。

谢冬梅的眼泪一下子又出来了，她哭了半天后，终于没说话，抓起桌上的包，头也不回地走了。

她开门的时候，发现何乐办公室的门口已经排起了长队，按摩师们一个个又兴奋又焦急，都等着把何乐手里的钱领取回来，放进自己的腰包里。她们有的等钱用，有的不等钱用，可无论等钱用的还是不等钱用的，都不希望那些钱在何乐的手里存放得太久。

尤其是田月玲，她站在队伍的最后，手里拎着一个塑料袋，本来就细长的脖子现在变得更长了，脑袋几乎伸到了队头。

按摩师们知道，何经理正在看单子。按惯例，她们还需要再等上一小会儿。

她们极大地培养着自己的耐心。

何乐一个人坐在办公室里，望着桌子上的空袋子发呆。门已经被他反锁上了，他现在最需要的是冷静。

该怎么向总经理，也就是自己的堂哥说？

自己拿什么填补这个经济上的空白？

女儿的病能否治好，是否还需要治疗费用？

门外的按摩师们该如何打发？

正烦恼时，办公室上的座机又响了，是刑警队打来的电话，堂哥和几个外地的朋友在酒店嫖娼被抓，让他马上拿钱去赎人！

电话尚未放稳，走廊里突然传来堂嫂尖利的叫喊："何乐！何乐！何乐在哪里？你今天要敢拿钱去赎那个王八犊子，明天就卷包给我滚蛋！"

紧接着，是激烈的推门声。

"开门！何乐！你开门！"

何乐"呼"地站起身！

堂嫂站在外门，像是对他，又像是对着按摩师，大声宣布："从今天起，这个店老娘接管了！让那个丧尽天良的王八犊子在里边蹲着吧！"她似乎是在振臂高呼——"开支！正常开支！何乐，开门，开门，给大家开支！"

受到堂嫂的鼓励，按摩师们集体发出欢呼——"开支！开支！"

她们已经开始砸门了！因为，她们确切地知道，何乐就在这间屋子里！

门在颤动!

何乐一点点向后退,最后,他的身体抵在了墙壁上,何乐几乎绝望了!可是,就在门被堂嫂率领下的众按摩师们砸开的那一刹那,何乐发现自己的身体飘浮起来了,躯干还在,但是很薄,且由淡雾状渐变得透明,最后和空气融为一体——他成功地逃过了这一场不是劫难胜似劫难的"足道暴动"。

咦?人明明在屋里怎么会突然没有了?这间屋子没有窗户,越窗而逃的可能性被排除,于是,这些疯狂的女人开始翻箱倒柜地寻找他,当田月玲看到桌子上的空钱袋时,突然发出一声带着哭腔的呐喊——"这个强奸犯携款逃跑了!"

整个"足道"变得一片死寂。

……

以后的事情就不必再说了,报案,立案,调查,取证,何乐踏上了一条万劫不复的不归路,在这个月朗星稀的夜晚,何乐趁乱从"足道"的后门飘出,并顺利地飘到文化广场的纪念碑底下,这里很安静,他不必再听那些杂乱无章又排序严谨的词语组合,他只想好好地睡上一觉,让自己发皱的日子在时间的消磨下一点点展平。

我是飘浮在空气里的人……

这是何乐思考的最后一个问题,这个问题还没有想完,他的思维也消失了。

隧　　道

妻子又出差了。

自从妻子升副处长之后，刘峰的日子变得更简单了。

刘峰是《徐城晚报》的总编秘书，每天的工作无外乎收收发发，为总编提醒备忘录，给总编写发言稿，写总结，写汇报材料，给总编的妻子买东西，偶尔接总编的儿子放学——他女儿和总编的儿子在一个学校，一个班——他女儿上这所学校完全是总编的功劳。那时，他妻子还没当上副处长呢，活动能量没有这么大，所以，女儿上学时，总编帮他打了几个电话，女儿得以以最少的投资，进入市内最有名气的小学就读。

刘峰的妻子未提副处长的时候，每天的业余生活是陪领导打麻将、喝酒。当了副处长之后，生活内容中又加了非常重要的一条，出差。

家几乎是管不了了。

除了生老病死的大事。

孩子管不了了，接送及照顾孩子日常起居，都变成了刘峰的任务。

性生活过不了了。

每天回来不是太累，就是太醉，偶尔过一次，也是草草了事，令刘峰不能畅快。

秘书这差事很奇怪。

秘书不是领导，可单位的人对你尊重有加——所谓敬而远之——没有人求你办事，但每个人都想在你面前留个好印象，见面点头哈腰，说话客客气气，任谁都好像是你的朋友，关键的时候，却没有一个人和你说心里话。

这就是秘书。

刘峰时常感到悲哀。

以前，他的工资是家庭经济的主要来源，可不知从什么时候起，妻子不管他要钱了，不但不要钱了，还动不动就三千五千地给他钱，每次给钱的时候都问："够不够？不够再给你点儿。"

好像他受了什么委屈。

以前，刘峰不喝酒，就算喝，也是象征性地抿一口。可现在，他不但喝酒，而且可谓酒徒，尤其是晚上女儿睡着后，他守着偌大的客厅，把电视的音量调到适中，然后就一趟一趟地从冰箱里往外拿易拉罐，冰镇的，凉丝丝的，把本来打算休息的胃被再次弄醒。

不知不觉中，一箱啤酒喝光了。

什么时候喝光的，不知道，因为知道自己喝了一箱啤酒的时候，天已经亮了，他从沙发上坐起来，摇一摇昏沉的大脑，把那些空罐子一个一个地收起来——不多不少，二十四个。

女儿坐在那里，吃面包，喝牛奶，见他醒来，就笑着说："爸爸，你又喝多了。"

看见女儿"自制"的简单的早餐，他心里有一些内疚，赶紧走到桌子前，拂着女儿的头发说："晚上带你去吃比萨饼。"

女儿说："谁信，弄不好晚上你又开会。"

"不能不能。"

女儿看看他，说："怎么样，心虚了吧？"

说实话，刘峰是有一点儿心虚。

这样的对话，在每天早晨，在他和女儿之间发生的频率越来越高，以至到后来，他自己说完这话时，脸上都有一点儿发烧。

他觉得自己很虚伪，而导致虚伪的根本原因是他太空虚。

他和妻子结婚十几年了，最初的时候，夫妻之间还是和谐的，每周至少有一到两次性生活，二人基本可以达到同步。有了孩子后，曾平淡过一阵，但随着孩子渐渐长大，新的秩序也建立起来。他们的脸上荡漾着灿烂的笑容，任何人都可以感觉到，这是一个幸福的家庭。

先是他提了总编秘书，接着是妻子提中层，再接着就是妻子有提为副处长的迹象，再接着，妻子真的提了副处长，在单位，虽不掌握实权，但说一句话，也是举足轻重的。

表面的优越感可以大大地满足一个人的虚荣心。

可是，虚荣的背后呢？

所谓有一利必有一弊，当你享受快乐的时候，同时也担负着同等的痛苦。

这是规律。

有了想提副处长的心思后，妻子以牺牲家庭和个人时间为代价，每天混迹在领导们所喜欢的，也是乐于接受的各种场合，倒酒，递烟，赔笑脸，听黄色笑话，打麻将，两三年，她把自己从一个小职员历练成绝对经风雨，见世面，察言观色，滴水不漏，进退有余的"铁娘子"。

几番比拼，她终于如愿以偿。

妻子回家晚，对于刘峰来说已习以为常。

妻子回来了，身上有难以除去的烟酒味，她很兴奋，和下边来的几个部门领导打了三圈麻将，赢了，而且还不少。赢了自然要安排大家吃点儿什么，不然让人觉得太不讲究。吃饭，难免喝点儿酒，女人嘛，又是领导，既然端了酒杯，一定会成为众矢之的，怎么也要喝几杯，几杯下肚，人就有些兴奋，这种兴奋可以一直坚持到家，到家之后，便是不可收拾的疲惫。

"回来了？"

看见妻子进屋，刘峰急忙从沙发上站起身。

"回来了，孩子睡着了吧？"妻子向孩子的房间探头，脸上是夸张的笑意，之后，抱过刘峰亲一下，把鞋甩在一边。

"玩了？"

"玩了。"

"喝了？"

"喝了。"

基本上都是这样的对话。

在进行这样琐碎的对话的同时，妻子简单地洗漱，之后，把自己横陈在床上。

刘峰有那么一点点欲望。

他走到床边，摸了一下妻子的大腿。

"嗯？"妻子迷迷糊糊地应着，眉头皱了起来。

"想不想……"

"累了，明天吧。"

刘峰一下子兴味索然。

于是，折转回身，关了卧室的灯，一个人坐回到客厅的沙发上，一边喝酒，一边看电视。

说是看电视，不如说是在遛频道。

有的时候，他就这样手握遥控器睡着了。

什么事情都怕习惯。

刘峰和妻子的性生活由"日报"改"周报"，再由"周报"改"月报"，现在几乎快成"年报"了。

真没欲望还好说，问题是刘峰正当年，又在文化单位工作，身边的女性多，难免会有非分的想法。没事的时候，他注意观察走廊来来往往的女编辑和女记者，觉得她们像移动的鲜花一样，散发着不可遏制的芳香。

他曾看上过一个女孩儿，叫燕晓玲，是来报社实习的大学生，人长得漂亮，说话声音也甜，见谁都笑，一笑的时候露出一口洁白的牙齿。

这个女孩儿聪明。

在报社，上午的时间里，你很难见到编辑和记者，前一天晚上多半加班，编完版回家，已经是后半夜了。所以，阳光新鲜而充沛的清晨，你听不到女编辑和女记者的高跟鞋声。她们在睡觉，即使不睡觉，也正利用这个空当在商场里看衣服，看裤子，看背包。如果有人来得早，一定是前一天夜里，把什么重要的东西落在办公室里来了。

由于燕晓玲是实习生，所以采访和编辑任务不多。她一天的工作几乎就是打水、扫地、擦地、读《编辑手册》。哪位前辈实在忙不开了，会把一个难度不大的稿子交给她，她认真地改好后，放在前辈的办公桌上。如果第二天稿子见报，她会更认真地把报样剪下来，夹在自己的本子里。

她来得早，经常和刘峰在走廊里相遇。

"您早，刘老师。"她笑着点头。

"你好，小燕子。"

这是刘峰对她的称谓。

有一天，燕晓玲突然来到他的办公室，把她刚刚写好的一篇稿子递到他面前，让他帮着把把关。

刘峰有些意外，也有些激动。

一篇三百余字的新闻稿，他洋洋洒洒地讲了一刻钟，从时间、地点、人物，讲到发生、发展、高潮、结尾；从"起承转合"讲到"反对八股文"，把燕晓玲脸上的微笑都讲没了。

"总之……"刘峰抬起头，看见燕晓玲有点儿紧张，突然停了口，顿一下，换了一种口气说："啰里啰唆地讲了这么多，不一定对，仅供参考。"

"刘老师，您太厉害了。"

听了燕晓玲的话，刘峰感觉到，她刚才不是紧张，而是吃惊，这么想来，陡增自豪，人一自豪就容易膨胀，一膨胀胆子也就随之大了起来。

刘峰说："中午请你吃饭。"

"好啊，不过，得我花钱。"

"那怎么行，我花钱，说好了。"

中午，刘峰如约来到他和燕晓玲订好的"济南食府"105包房，一推门，傻眼了，屋里不单单坐着燕晓玲，还有三四位他们的同事。

"听说刘秘书要出血，我们立马变蝙蝠了。"

那几个人笑嘻嘻地调侃他。

"不就一顿饭吗？多大点儿事呀，来来来，点菜，点菜。"

刘峰不失风度地坐到椅子上。

一顿饭，花了他五百多元。

钱是小事，问题在于燕晓玲，她从一开始就防范着刘峰，这让刘峰的心里很不舒服。

还有一次，是晚上。同样在"济南食府"，他和几个朋友喝酒，恰好遇见燕晓玲一个人进来，就大呼小叫地把她拉到自己的身边，强按着坐到椅子上。

燕晓玲倒也大方，和其他几位有说有笑，气氛变得十分融洽，正因为气氛融洽了，所以，给刘峰造成了错觉，以为燕晓玲和他还是挺投缘的，于是，借着酒劲儿，拉住燕晓玲的手。

"刘老师，您的手真有劲儿。"燕晓玲不紧不慢地说。

刘峰下意识地放开手，尴尬地看着大家。

不知道是酒的缘故，还是燕晓玲刚才的话让他下不来台，他的脸红了，从腮边到耳后，像一个透明的红萝卜。

"我先走了，你们慢慢吃。"

燕晓玲微笑着和大家打招呼。

"慢走。"

刘峰答着话，却一直低着头，人也没有站起来。

这就是刘峰的风流韵事，尚未开始，就已经结束了。

七月，女儿放假了，作为补偿，妻子去南方出差的时候，把女儿带在了身旁。女儿随母亲一走，原来并不热闹的家，变得更加冷清了，刘峰难得上床睡觉，上床睡了一觉，天刚亮，就让尿给憋醒了。

上厕所，喝口水，推开窗子，人已经精神起来。躺在床上百无聊赖，就开始想女人，先想妻子，后来变成了自己初中或高中的一个女同学，更多的时候变成燕晓玲，变成燕晓玲的时候，生理竟然有了反应，这让刘峰难受万分。

他给妻子打电话，想说两句暧昧而放肆的话，让自己的兴奋有所释放。以前他也这么干过，妻子总是不咸不淡地应付两句，随后就把电话挂了。这个过程很短，但很有效。妻子一挂电话，刘峰的兴趣就潮水一般地退走了。

他按键。

"替我摸下乳房。"他说。

"什么？"对方的声音有些黏。

"替我摸下乳房。"他又说。

"讨厌。"

对方把电话挂了。

刘峰按了重拨。

"你是谁呀？让我替你摸一下乳房？"对方问。

这一回，刘峰听清楚了，这声音根本不是妻子的，而是另外一个女人的，他急忙查看号码，果然拨错了，妻子的电话尾数是五，他按了六，失之毫厘，谬之千里。

他觉得自己挺可笑。

坐起身，平复一下心态，准备穿衣起床。

电话突然响了。

他一看号，是刚才那个女人的。

"对不起，我不是有意骚扰您，我刚才是给我妻子打电话，拨错号了，向您道歉，对不起，对不起。"

刘峰接起电话，一连声地解释。

"谁让你道歉了，我给你打电话，是想告诉你，我刚才替你摸了乳房了。"对方温柔地说。

刘峰一下子不知说什么好了。

沉默半晌。

"说话呀。"女人的声音十分娇媚。

"我……"刘峰语迟起来。

"怎么了，不好意思了？"女人问。

"我……"

"乳房替你摸了，你还想干什么？"

这话太具有挑逗性了。

刘峰又有些兴奋。

"说话呀，"

"我……我想……"

"进入。"女人呻吟一声。

刘峰没有经历过这样的事，他有些害怕了，不自觉地挂断了手机。

可是，那边，那个女人是如此执着。

她又把电话打过来了！

刘峰犹豫了半天，还是接起来。

女人说："穿过县界长长的隧道，便是雪国了。"

她在电话里不停地重复着这句话。

刘峰的耳边听到了火车的轰隆声，以及车头钻入隧道前的那一声尖利的闷响。

这是一个多么奇怪的早晨呀。

一天里，刘峰有些恍惚，他沏茶的时候，将开水直接倒进了茶叶筒里，送文件的时候，把自己没事下载的图片给了总编，以致总编奇怪地看了他半天，不明白他要干什么。

晚上，刘峰早早地回了家，他破天荒没有喝酒。吃了一口饭，就老老实实地躺在了床上。

他问自己：是在等待什么吗？

他想否认，但有一个声音坚定地回答：是。

他在等待那个女人的电话。

十点钟，在刘峰就要失去耐心的时候，那个电话果然来了。

女人笑着说："我也不知道怎么了，就想给你打一个电话。"

刘峰说："我在等待。"

女人问："你住在什么地方？"

"徐城。"

"徐城？离我们这里太远了。"

"你住在什么地方？"

"比徐城还远的地方。"

"你做什么工作？"

"居家女人，没有工作。"

"你叫什么？"

"这重要吗？"

"不重要。"

"你是不是有些奇怪，早晨的时候，我为什么会……"

刘峰赶紧打断她的话，说："不不不，人嘛，有时总会有一些异样的举动。"

"谢谢你理解。"

"干吗这么客气。"

他们大约通了二十分钟的话，谈话内容非常正常，这让刘峰有一点儿失望，但失望之中又有一点儿得到宽容的释然。

关键是次日清晨。

手机的铃声把刘峰从睡梦中惊醒。

又是那个女人。

她说："我刚刚替你摸了乳房了，你还想干什么？"

刘峰说："进入。"

女人说："穿过县界长长的隧道，但是雪国了。"

刘峰再一次听到火车的轰隆声，以及火车钻入隧道前的那一声尖利的嘶鸣。

在妻子出差的大半个月里，刘峰的生理得到了意外的满足。他的大脑里被融化进去一个词和一句话，这个词和这句话在特定的时间，特定的场合，有着不可告人的暧昧。但在平常人看来，不过是一声呓语和一句并不生动的叙述。

妻子回来了，当然，女儿也回来了，家里有了活泼的气息。

妻子烧了热水，给女儿和自己洗澡。刘峰看见妻子的胴体，突然有一种热烈的冲动。夜里安抚女儿休息后，刘峰迫不及待地抱住了妻子。

他说："进入。"

妻子问他："你说什么？"

他说："穿过县界长长的隧道，便是雪国了。"

妻子问他："你看川端康成的《雪国》了？"

他说："穿过县界长长的隧道，便是雪国了。"

妻子挣脱，说："你神经病呀你？！"

他一下子从梦境中清醒过来。

三　轶

黄　河　记

　　进入中原，他便看见大片大片的麦子，在阳光的照射下，泛着耀眼的金黄。他想，如果能吃一粒新麦，一定会很香很香。这样想着，便笑了，笑自己有这样或者那样的妄念。

　　比如，他妄念，到了地方就会看到她。

　　比如，他妄念，见到她后，他们之间便会发生什么样什么样的故事。

　　能吗？

　　他问自己。

　　他不知道该如何回答。

　　他和她从未见过面，只是在某一个论坛里碰见过，他们都喜欢写作，写一点儿文章，因而也可算有那么一点点雅兴，他们说过诗歌，说过死亡，当然，也说过爱情。

有一次，她突然问他："究竟什么是生活？"

他一下子懵了。

严格意义上讲，他们谁也不知道"什么是生活"。

他们就那么沉默着，任电脑屏幕一闪一闪。

火车快要到达目的地，他的手机上收到一条短信。

"我在南出口接你，穿红色的中式短袖衫。"

是她。

他的心里一喜，觉得一路的疲惫瞬间消失。

收拾背囊，早早地等在车门口。

默契一般，他现今的打扮是土黄色对襟褂子，圆口布鞋，那背囊也是前年去丽江的时候，在纳西族巧妇手中买的，一切的一切搭配在一起，是如此和谐。

中原的一家杂志社举办笔会，他们分别接到了通知。

如今，举办笔会的事越来越少，所以，能接到通知的人除了文学功力尚可外，也算是得到了上帝的眷顾。只是，会方要求，路费自理，食宿由主办者负责——这已是天大的优惠了。

"去吗？"电脑前，她问。

"去吧。"他回答。

于是，约好了时间，从不同的地方向共同的目标出发。

他们预定了一个房间，说好在那里集合，然后，再去会场——他们为自己多打出了一天的时间。

妄念，有的时候也是存在根据的。

他看着城市边缘的纷乱，让自己一点点沉静下来。

火车终于停稳了。

他跳下站台，大步向出站口走去。

很快，在南出口的栅栏边，他一眼看见了她，她也像是有感应一样，频频地挥动着白皙、修长的手。她比他想象中的要漂亮，个子高挑，皮肤白皙，头发微微烫过，又被很随意地扎在脑后，眼睛很大，鼻子很高，很有古代美女的气韵。

他长长地松了一口气。

她穿着白色的裤子，高跟鞋，上身如她在短信中说的一样，是红色中式短袖衫，手臂长长地垂在那里，像微风中的柳枝一样自然。

他们就这么相对着，站着，笑着，一句话也不说。

突然，她走过来，轻轻地拉了他一下。

她的个子比他高一点点。

瞬间里，他有些羞涩。

"去看黄河吧？"她说。

"好啊。"

他奇怪自己，怎么从来没有过去看黄河的想法呢？如今被她提醒，便像被神医拨开了筋脉一样，竟然一下子兴奋起来。

打了一辆车，直奔黄河大堤。

路上有四十分钟的时间，他们杂七杂八地说着话，接近黄河的时候，路边出现了一片麦地。由于距离近，麦芒都看得一清二楚。他大声叫着："麦子，麦子，多好的麦子啊！"

她和司机都笑了。

司机说："麦六十，谷三千，今年是个丰收年啊。"

意思是说，麦穗上如果有六十粒成麦，那就意味着种田人可以丰衣足食了。

他想让司机停车，忍了几忍，忍住了。

他看见自己穿着蓝色的衣服，疯狂地在金黄的麦地里奔跑，她在后边追赶他，呼喊他，而他无法让自己停下来。他感觉自己像风筝一样轻，轻到不需动弹，便随着空气飘浮起来；同时，他又感觉自己无比的沉重，双脚一刻也不曾离开土地，甚至土地像生出了双臂，紧紧地把他揽在自己的怀里。麦子拥着他，一浪高过一浪，麦子的笑声在他的耳畔飞扬，这是他听不到其他声音的根本原因……

他无比温暖、幸福。

"想什么呢？"她拉住他的手，问。

"麦子。"他答。

"有心事？"她问。

"没有。"

不知为什么，他的眼角竟然有一点儿湿。

"一会儿请你吃黄河鲤鱼。"她说。

"还是我请你吃。"

"谁请不都一样。"

"不，我请。"

正说着话，黄河到了。

他和她伫立在黄河岸边，放眼望着这在书本里向往过无数次、亲昵过无数次、感动过无数次的母亲河，都失去了言语。虽然是枯水季，但黄河的平静、沉重，包括黄河滩涂的憨实、空寂，以及在这些平静、沉重、憨实、空寂后边所隐忍着的岁月的苦难，对苦难岁月的宽容和释然——让人的内心一下子由混沌变得通透。

好长时间，有人来招揽生意。

他们被请到一条船上，船上有小桌，桌边有小凳，凳边有茶壶，女主人热情地送水，送菜单，随同送上的还有盈盈的笑意，让人有宾至如归的安稳。

他们点上四个菜——黄河鲤鱼，黄河小白鱼，槐花炒鸡蛋，炒野菜。

他们看看邻桌的菜盘，觉得这些正好，甚至还有一点儿浪费。

"就这些？"女主人问。

"就这些。"他点头。

他把菜单送还给女主人。

就在他送出菜单的时候，邻船突然发出一个男人的怒骂，紧接着，是一个女人的对骂，他和她同时转回身看去，看见在邻船的一张小桌上喝酒的男人"啪"的一声摔了酒盅，拔脚便奔向处在船尾处的一个女人，那女人也不示弱，挥动手里的扫把，直冲过来，二人莫名其妙地打在了一处。

"怎么了？"他问。

"没什么，两口子打架。"女主人淡淡地回答。

"为什么？"她问。

"生意不好，生气。"女主人转身离去，高声向后厨报菜单。

那边的男人似乎更加愤怒，他把那个女人骑在身下，拳头雨点般挥下去，把女人的叫骂声终于打成了哭声。女人哭了，他似乎也解气了，站起身，复又回到小桌前喝酒，沉默，一言不发。

那女人只是哭。

哭声由强到弱，渐渐变成低泣。

突然，那女人身下像安了弹簧一样，身体冲天而起，随着一声凄厉的尖叫，她奔向船舷，一头扎入深不见底的黄河水中。

"啊——"她也尖叫了一声。

他也被这场面惊住了，下意识地冲到船边，向浑黄的水中张望。周围船上的人也和他一样，大家的目光在那个女人跳水的地方纠集，一时都慌了手脚。

有水性好的人已经跳下去救人了，他们七手八脚地把那个女人捞上船来。

那个女人咳嗽着，目光呆滞地坐在那里。

一片沉寂。

喝酒的男人显然无动于衷，他不等大家反应过来，一翻身，竟然下船走了。他走路的样子有些摇摆，但速度非常之快。

女人终于又"哇"的一声哭起来。

这边的女主人开始上菜了。

他和她都无比困惑地望着她。

谁知，女主人笑了，说："不要在意，她每年都要跳几次黄河的。"

"什么意思？"他问。

女主人说："我们都习惯了。"

说实话，这顿饭他俩吃得很不是滋味，甚至有点儿恶心，他们几乎没有动筷子，在那里坐了一个小时，结账下船了。

天渐黄昏。

黄河上起风了。

他们找车，准备返回市里去。车已经找到了，可她突然想起什么似的，拉了他的手就往回跑，一直跑到刚才打架的那两口子的船边。

她问那个脸有瘀青的女人："有黄河鲤鱼吗？"

"有，有！"女人立刻换了笑脸，张罗着去找菜单。

她拉住她，说："我们只要一条黄河鲤鱼。"

"好啊！好啊！"

她带着他们去挑鱼，她自己抢过网，捞了一条大的，装兜上秤，足足的四斤一两。那女人要杀鱼，被她制止了，她拎着塑料口袋，拉着他来到黄河边，一松手，把那条鱼给放了。

她给了那个女人一百二十三块钱，在她的茫然和不解中头也不回地走了。

那天晚上，他们没有在外边开房，而是退了宾馆，提前到会场报到了。

从黄河边回去的路上，还发生了两件小事。

一是，车一出大坝，他们看见打女人的那个男人坐在路边抽烟，他的脸上是一行晶莹的泪水。

二是，走过那片麦地时，他让司机停了车，他捧过一束麦穗，用力地吸了一口气，他透体上下浸透着麦香……

园 林 记

"喂，有时间吗？"朋友在电话里问。

"时间倒是有，不过……"

"怎样？"

"总之，懒得动弹。"

朋友说："我和虾女在一起呢，不想一起散步吗？"

虾女是我们共同的女朋友——只是好，没有上过床的那种。但是，可以在一起喝酒，喝醉了可以把她扛回去，丢在床上，扒了外衣，再盖上被子，然后走人——以前总有这样的经历，扛着她走弯弯曲曲的楼道，眼前一团漆黑。

她说："你快走吧，你又不是女的。"

不知道她什么意思。

她已经三十五岁了，梳短发，从来不谈婚姻的事。

我问："去哪里？"

朋友说："牡丹园。"

牡丹园是一个种植牡丹的园子，不大，园里有一个日本神社，现在当然已经废弃了，被一所学校改造成了礼堂。那房子外形怪异，屋顶极高，在里边说话会有"嗡嗡"的回响。

关于牡丹园，是有记忆的。

少年的时候，喜欢一个人冒险，经常跑到日本神社里去玩，从高高的窗口爬进去，然后在里边大声骂人。骂什么？总之骂最难听的话，好像这样的话一出口，就感到身体里有一种酸唧唧的幸福横穿竖窜。

那是十二岁多一点儿的七月，学校放假了，没有回家，而是直接去了日本神社。奇怪！从一爬进窗口就有一种异样的感觉，感觉自己的背后站着一个人，回头去看，又空荡荡的什么也没有，可是，一停下来，就会有温热的呼吸吹到凉凉的颈后。

于是，开始转着圈儿地骂人，把十二岁以前学到的所有的脏话都骂出了口，甚至为了驱赶恐惧，还打拳踢脚，结果弄得自己浑身是汗。

那种感觉并没消失，反而越来越真切。

突然住了声，细心去听。

屋顶的声音来回冲荡，震得耳鼓有些发疼。

终于发了疯似的向外跑，可是，平日里轻而易举地就能跳上去的窗台，却如何也登不上去了，以至，最后力气用尽，昏倒在水泥地面上。

什么时候醒的？怎么醒的？不知道。

总之醒了之后，人已经在外边了。

阳光很足，刺得眼睛生疼。

看看身边，是细茸茸的草地，书包也完好地放在头顶。坐在那里想一想，总觉得后怕，不敢去望那个黑洞洞的窗口，低着头，一步一步走出这个园子。

我的记忆是这样，那朋友的呢?

朋友二十岁的时候，在一家工厂看仓库，里边有易燃品的那种，一不小心就会引起火灾。别人多次劝告他，提醒他，他自己也十分小心，可是，有些灾难仿佛不可避免，你躲到哪里，它也会追上你。

仓库着火了，烧伤了朋友的脸。

朋友毁容了。

在长达两年的时间里，朋友情绪低落，神形俱糜，每天除了去医院，就是四处游走。

这一天，来到牡丹园，见一个老太太正在树丛旁挖坑。

他远远地站着，像一个空洞的稻草人。

老太太看见他，用手拢一拢银白的头发，叫道："你来。"

他没有动。

老太太说："我老了，连汗都没有了。"

他还是没有动。

后来，老太太过来，一把拉住他的手，说："我知道，你是来帮我的。"

他盲目地跟着她，蹒跚地向前走。

到了近前，才看清，老太太要埋掉一只猫，猫是黄色的，身上有一道一道的白纹。毛很老了，双目微合。

老太太说："它死了。"

又说："我也快死了。"

又说："死了就埋掉呗，又能怎么样。"

说不清楚为什么，那一刻，朋友的心里像开了一扇窗子，一切都透亮了——他只留了一张童年时的照片，把其他的照片埋掉了——当然，这是又一天的事，当天，他使出病后的全身力气，帮老太太挖了一个深深的坑，把那只死猫埋在了地下。

埋完后，他又站在那里。

老太太说："你走吧，谢谢你。"

他没有动。

老太太说："快走吧，天要黑了。"

他没有动。

后来，老太太推着他，一直把他送出很远很远，自己又跌跌撞撞地回去。

他突然问："你还回去干什么？"

老太太说："我陪陪它，它已经陪了我十八年了，现在我陪陪它。"

埋猫的故事到此结束。

下面，该轮到虾女了。

虾女二十七岁的时候，就在这个园子里，被强奸了，用她的话说，一开始是强奸，后来，她竟然有了快感，她为此事感到羞耻。

那个男人说："你叫了！"

那个男人说："你叫了！"

说着，那个男人翻身下来，坐在潮湿的地上哭了。

后来，他从口袋里拿出一包劣质的香烟，自己吸一支，给了虾女一支。他们就那么坐着，吸了一包烟，然后，等待天亮。

虾女说："八年了，别提它了。"

可是，我和朋友对望一眼——我们又什么时候提过它呢？！

一 夜 记

已经是下午了，他还在酒桌上。

寂寞像一个飘忽不定的幽灵，说不定什么时候就会来。他寂寞，也许是因为季节的原因，也许是因为天气的原因。窗外的雨丝绵绵不断，门以及窗户上的玻璃满是雾气。

他坐在一个小酒店里，不理会其他人。

其实，除了老板和服务员，已经没有其他人了，中午的顾客吃完饭，都匆匆地走掉了。要么去应付工作，要么去打麻将，要么回家睡觉，他的寂寞与人无关，所以，并不会有谁十分好奇并十分好心地凑到近前来关注或关怀他。

这无所谓。

他只想一个人喝一点儿酒，半斤酒下肚了，他的寂寞也达到了极限，他甚至突然有一点儿心酸，嘴角仿佛也浸入了凉凉的雨水……

电话响了，是短信。

"你还记得我吗？火车上坐在你对面的女孩儿？你知道吗？从我看见你第一眼起，我就爱上了你。"

真无聊。他想。

随手回了一条短信，说："你发错了。"

很快，那短信又回复过来。

"在火车上，你一直保持沉默，可我能看出来，你和你身边的人一点儿也不一样。你是一个有内涵的人，旅途虽然很短，但你曾经深深地看了我一眼。"

他有些生气，说："我没坐过火车，甚至连公交车也没坐，你真的发错了。"

"不可能，难道你不喜欢我吗？如果不喜欢我，为什么在出站口，我向你要电话时，你还会给我呢？"

这是一个与他无关的故事。

他不想再费口舌，就放下电话，又给自己倒了半杯酒。

"我很寂寞，同时也很忧伤。"

短信又来了。

也许，"寂寞"两个字让他的心微微一动，他有了一丝同病相怜的感觉。

"我也很寂寞。"他说。

"那我们见个面吧，我就在你的城市里。"

"好吧。不过，见了面一定会让你失望，我真的不是你要找的人。"

“别骗我了，我们现在同时出发，在人民广场的纪念碑下见面，我二十分钟就能到。”

“好吧。”

他出了小酒店，上了一辆出租车，直奔人民广场。在出租车里，他反复地问自己，这样做有什么意义？自己究竟要干什么？为什么要打破一个女孩儿的爱情梦呢？自己的行为会不会给这个女孩儿造成什么伤害呢？

犹豫不决中，目的地到了。

他有些茫然地坐在纪念碑的台阶上，不知如何应付接下来的场面。

微风斜雨，不觉湿了衣衫。

手机响了，是短信。

“我已经到了，你在哪里？”

“就在纪念碑下。”

他注目从自己眼前走过的每一个女孩儿，下意识地向她们点头微笑，他尽量让自己儒雅一点儿，以免那陌生的女孩儿见到他后惊慌失措。

十几分钟，在他面前出现过大约二十个女孩儿，但没有一个人注意他，也没有一个人的脸上出现过或交织着寻人的表情。

“你到底来没来？你在哪里？”女孩儿的短信。

“我真的就在纪念碑下。”

“我已经在这里走了三圈了，怎么没见你？”

“我就在这里。”

又是十多分钟过去了。

"你是一个没有勇气的人，既然做不到的事情为什么要答应人家呢？算了，也许我太自作多情了，再见。"

他有些急了，终于把电话打过去了，电话通了，但对方没有接。

他想：那女孩儿一定是伤心了。

自己真是太荒唐了！

此时，他的心里除了对自己的嘲笑，竟然还有一丝浅浅的失望。他又向四周看了看，最后决定回到那个小酒店，让余下的时间和剩下的半瓶酒在一起。

回小酒店的路上，他主动给女孩儿回了一条短信，说明了情况，并真诚地道歉，企望可以得到她的原谅。

他到达小酒店，又坐回到自己原来的位置上时，那个女孩儿的短信回来了。

"你是一个小说家吗？你可真会编故事！"

"我不是编故事，我说的都是真的。"

"那好，你说，你现在在哪里？我去找你。"

他很激动，把自己的确切方位告诉了她。

他站在小酒店的门口，焦急地等待，时间虽然只有一个多小时，但这样一场莫须有的爱情却好像已经持续了多年，他完全陷入他和女孩儿共同制造的情境里，一场虚幻正在一点点地变成现实。

雨还在下。

但不可遏制地，思念也悄悄地运动了它的脚步。

一滴雨落在他的面颊上，缓慢地向下滑动，像女孩儿凉润的手，正为他掀去寂寞的暗灰色的幕布。

"我已经到了你说的小酒店，你到底在哪里？"

"我就站在门口等你呢！"

"我没有看见你！我没有看见你！我没有看见你！"

"可是，我真的就在这里！"

他发出短信后，突然冲着雨中大喊："我在这里！我在这里！我真的就在这里！"

"你究竟有多少诚意？！"

"我爱你！"

"你终于说了实话！"

"我爱你！"

"你爱我，为什么不出来见我？"

"我在等你。"

"我真的不明白你是什么意思，你约了我，却不肯见我，难道爱情真的这么折磨人吗？"

"我没有撒谎。"

"你拿什么来证明？"

他绝望地抬起头，一下子看到了不远处的"悦府酒店"，那是一个准四星级的宾馆，在本市非常出名。

他说："这样吧，我马上去'悦府酒店'订一个房间，你过来找我。"

"好吧。"

他飞跑着进入"悦府酒店"，整个身体都撞到了前台的大理石台面上。他定了一个房间，马上给她发信息。

"1306房间。"

"我马上就到。"

十几分钟后，喘息刚定的他在"悦府酒店"1306房间里接到女孩儿发来的短信，"我就在门外，你能把灯关上吗？我还是有些不好意思。"

"灯已关，门开着，请进。"

"拉上窗帘好吗？"

"好的。"

门开了，一个体形修长的身影从门缝挤进房间，随后关上房门，整个人靠在那里一动不动。

他可以感受到她的呼吸。

"你好。"他说。

"别说话。"女孩儿低低地喃喃。

他走过去，在黑暗里寻找女孩儿的手，可女孩儿已经满满地倚在了他的怀里。女孩儿在哭，肩在不停地抽动，她身上淡淡的香水味儿让他沉醉。

"你……"

"别说话，别说话，你一说话，这梦就醒了。"女孩儿说。

这一刻，他的心里充满感动。

这是一个无比温柔的夜晚，激情之花纵情怒放。可以想象，雨滴在路灯的辉映下，尽数变成了灿烂的星辰，湿润的泥土幻化成无边的海洋……

清晨，他从沉睡中猛然惊醒，怔愣了一会儿，试探性地将手伸向身侧，床上的余温尚在，可是那芬芳的人儿已经悄然离去。

床上，除了一根长长的头发，什么也没有留下。

他抓过手机，拨打电话——无法接通；发出信息——"你在哪里？"

"你找谁呀？发错了吧？"

"我们昨天晚上还在一起。"

"你神经病啊，再发骚扰短信，我就报案，不要脸！"

他坐在床上，赤裸的身体完全暴露在阳光下。

拟 玫 瑰

　　我认识邵波的时候，她还是一个孩子。她在一家工业学校读书。那年她十六岁，或者十五岁半多一点儿。那天的情况是这样，我到一个身体有残疾的朋友家去看她，恰巧，邵波也来了。她穿了一件红色的衣服，这在秋天里很显眼。由于门口那个地方阳光很足，所以，她的红衣服给我留下了很深的印象。

　　朋友家人很多，邵波站在门口愣了一下，才轻轻地走进屋来。

　　朋友为我介绍："邵波。"

　　又介绍我。

　　邵波瞪大眼睛看着我呢，很激动的样子，她看着我半天，说："和我想象的一点儿也不一样。"

　　想象？

邵波解释说，朋友经常当着她的面提起我，并且，她看过我写的"编辑赠言"之类的文字，挺喜欢的。"非常喜欢！"她说完前边的话后，又强调着补充了一句。

"我是你的读者，而且挺忠实，你该跟我握握手。"她说。

屋子里的人都笑了。

这时我才发现邵波是一个很外向的孩子。

朋友张罗吃饭，摆了满满一桌子酒菜，我记得酒是他们本地的一种土烧，喝一口，热辣辣的直冲嗓子。邵波很活跃。她斟满一杯酒后，举到我面前。她默不作声，一桌子人都看着我。我到下边跑惯了，但这样的敬酒方式还是第一次看见。我有意为难邵波一下，就装作很不解的样子问她要做什么，邵波似乎对我的举动很不满意，她一抬手，把满满的一盅酒干了。

这是我第一次看女孩儿子喝酒。

朋友笑着说："邵波是敬你酒呢！你这么大的人了还想耍赖。"

我说："我没这个想法。"

"那就罚你。"

朋友为我倒酒，连倒了三杯。

邵波说："我喜欢敬酒不吃吃罚酒的人。"

我一下子哭笑不得。

邵波的脸红了，黄昏中她的脸色和衣服的颜色正好相配。秋天了，傍晚的凉意淡淡地浸染了我们的心情。在一群孩子中间，我一下子有说不出的落寞。我想，一个三十岁的人怎么能和十几岁的孩子的世界是一样的呢。

我这个有残疾的朋友比邵波大两三岁，自己开了一个小书店，邵波是这里的常客。朋友说她常常逃课到她这里来看书，看三毛，看三毛，还看三毛。

后来又看古龙，小书店里所有的古龙的书她都看了。后来，又跑到街上买，买来了，读，读完后送给朋友，放在店里往外出租。租金用于扩大再生产。

最近，邵波又读起温瑞安来了。

朋友向我说邵波，她坐在一边一声不吭，默默地吃菜，好像朋友说的是另外一个女孩儿，而不是她。朋友一口气说完，就退到黑暗处伸手拧亮台灯。

外面黑天了。

这是一座工业城市，在平原通往北部山区的中间地带。这里有一座煤矿，有一个大炼钢厂。城市的边缘有一条河，还有一条铁路线和河流平行。

吃完饭的时候，邵波提议到外面走一走，她说，她知道有一处河滩上生了大片大片的芦苇。正好是一个有月亮的天。邵波说："芦花一蓬一蓬的，好看极了。"

朋友有些犹豫。

邵波说："没关系，有我呢。"

我们就忙乱着从仓房找出朋友的轮椅，打开，小心地把朋友扶到上边，然后，我们走一条长长的斜街到河边去。

邵波的怀里不知什么时候抱了一个录音机。

"想听吗？"她问。

"有什么新带子？"朋友问。

"当然有。"

邵波熟练地把带子的包装撕去。那是一盒新磁带，是一盘美国乡村摇滚曲。我看见邵波随着音乐的起伏摇动起来。女孩儿跳舞好看。尤其会跳舞的女孩儿跳起舞来更好看。

我推着朋友，突然有了一种想和邵波谈谈的感觉。

我问："学习忙吗？"

"不忙。你看哪个考上学的学生学习忙？"

这句话很绕口，但邵波说得很快。

她考上的是一所中专学校。

"业余时间忙什么？"

"看书，听音乐，偶尔恋爱。"

"恋爱？"

"没错。"

"恋爱？"

"没错，难道你以为恋爱是一个很过分的问题？"

我缄默下来。

邵波关掉录音机，转回头来问我："你如何理解快乐？"

我一下子答不上来。

邵波说："快乐是一种高峰体验，是对现实的把握。"她停顿一下，想一想又说，"比如今天，我很快乐。"

我抬起头看月亮。我隐约想起一首诗，是一个姓顾的诗人写的，大意是：

我抬起头看月亮。我隐约想起一首诗，是一个姓顾的诗人写的，大意是：你看我。你，一会儿看我，一会儿看云。我觉得，你看我时很远，你看云时很近。

我想，我怎么回答这样的问题？

今天的月亮真好，也不知道明天的月亮如何。

二十年后，我有机会去邵波所在的城市开会，遇见我的那个有残疾的朋友。会议的间隙，我们坐在一起聊天。突然，我想起邵波，问其情况，朋友笑了半天，说，还不是你害了人家。我颇为惊异，忙问其详，朋友说，当年一定要找一个你这样的，找了十几年，也对应不上，后来不知怎么的，就去南方出家了。

这样的罪过不敢当。

但是想一想初见她的那个短暂的夜晚，应该是对现实的把握。

月　光

　　我们每个人，都有几十年的时间，在这几十年里，谁也不保自己会突然地跃进或跃出某个故事，欢乐的或者忧伤的故事。此时，林秀娟就坐在窗前想着她的故事，她的秀发低垂在她刚好三十岁的面颊上。月儿，从拉上的窗帘缝隙间拥挤进来，瘦瘦的一缕，正好照在她苍白的鞋上。

　　窗外的电车铁轨，时而会被电车压得咣咣当当直响，而柳文彦就是乘坐这一路电车回他的家的。柳文彦走的时候，似乎冲她歉意地笑了一笑？林秀娟想：这一去，怕就再也不会回来了，他怎么还会回来呢?

　　柳文彦说："其实，我们的婚姻，哪有那么多的尽遂人意。比如说，我，我和刘春梅虽然是自由恋爱，可谁能保证自由恋爱的婚姻就不是一场误会呢?"

这是柳文彦请她在饭店吃饭的时候说的，他说得很动情，以至他的嗓子也渐渐地沙哑起来。

　　林秀娟就想到自己，她和丈夫结婚五年了。除去新婚的第一年，他们还十分地恩爱，以后的日子，说不上为什么，变得越来越枯燥。丈夫在家的时候非常少，这一两年，竟托故生意忙，有时一两个月也不回家一趟。

　　柳文彦说："我们都很想重建我们的生活，可我们每个人都是，一旦我们闯进一种事实，再想挣脱它，是多么艰难。"

　　他端起酒杯，猛烈地喝了一口，他指着桌上的菜说："秀娟，呵，我叫你秀娟你不介意吧？你吃，吃呀，这是新鲜的山菜，对于我们在都市里住久了的人来说，是难得的。"

　　林秀娟想她的丈夫，那个长得也十分清秀的人，他为什么娶了她，又不用心地爱护她呢？当初，他真诚地等候在她家的门口，不也海誓山盟地让她感动吗？

　　柳文彦说："真是的，男人没有好东西，包括我在内。其实，呵，你看，我总喜欢说其实。其实就是这样，婚姻嘛，误会也好，或者，其他的什么也好，两个人走到一起了，相互之间就应该负责任。或者，责任你可以不负，义务你总得尽的。"

　　林秀娟抬头看了他一眼，心里十分的感激。多么善解人意，多么体察入微，一辈子嫁这样一个男人也就知足了。

　　秀娟的丈夫，在百货公司做服装生意，在秀娟的眼里，他是个诸事俱细的男人。结婚前，甚至她鞋跟松了，裤子跳线了一类的小事他都会看在眼里，记在心上。可结婚之后，他连吵架都觉得累，每天每夜地泡到外面。反观自己，对他并不苛刻，也极尽了温柔，他为什么如此忽视自己呢？

柳文彦说："话又说回来，你不知道我有多么累多么苦，有些话，比如我今天对你说的这些话，也只有对你这样新结识的朋友才可以说。老朋友在一起，最好的形式还是沉默。夫妻间的生活长了，也是一个道理，我们不能对一个问题抱有长久的兴趣。对一个人、一件事、一个东西、一种心境，我们可以容纳它的新鲜，但我们无法忍受它的陈旧，像我们自己一样，我们有过青春，但，我们也将一点点地损失我们的青春。"

柳文彦激动起来，他从口袋里掏出一包烟，抽出一根叼在嘴上，又取出火点燃，狠狠地吸上一口。

他大声地咳嗽。

"你看，你看，我的身体也大不如以前了，有些事情，即使夫妻也好，就怕习以为常，习以为常就认为自然了。"

林秀娟不禁劝他："少抽一支吧，抽多了对身体没有什么好处。"

柳文彦说："是的，是的，没有什么好处。"

他把烟按死在烟缸里，然后，定定地看着林秀娟。

林秀娟从玻璃台面中看见自己的脸，除了眼角有些许浅纹，依旧沉静美丽。她的黑色衣裙，几乎就陷入幽暗里去了，只剩下她白皙的面颊，在烛光的昏黄中，显现出无比的娇媚温柔。

柳文彦说："其实，其实，让我来面对像你这样一个女孩儿，我怎么会不起丝缕惜香怜玉之心呢？我们对美好的事物，都有与生俱来的追寻，像我们的爱情，真正的爱情是不需要理智的。"

林秀娟想，自己对待爱情和婚姻是不是就太实际太理智了？

柳文彦说："如果，我们每个人都有一次重新选择生活的机会该多好。那样，那样，你知道的，我也许会不遗余力地追求你，只要你肯答应我。但现在，这一切对于我们不过是一个玩笑罢了。"

他的手不自觉地放在了林秀娟的手上，"其实，生活就是这样，你不必过分忧伤。快乐，对于我们，是暂时的，像我们自己的婚姻，之初，不多少都给了我们一些幸福吗？"他说，"我们的一生，从出生到死亡，这本身就是一个大的悲剧过程。在这种灰色的笼罩中，假使我们还有过一点儿幸福和快乐，或者，我们可以寻找一点儿幸福和快乐，这不都是上帝额外的给予吗？"

他说得真有道理。

林秀娟的心底，几乎就产生这样的想法——让时光停留在此刻不动吧，让这些美妙的语言伫停在她的心间。以前，她的丈夫怎么从来没有和她这样交谈过呢？丈夫和她之间，交流起来，也都是生意，丈夫还会说："算了，这些讲给你也不懂，就是你懂了又有什么用？！"

唉！林秀娟轻轻地发出一声叹息。

他们喝酒的这个饭店，名字叫作"草亭"，这是柳文彦选定的地方。现在，月亮已经升起它洁白的光，仿佛要在地面上铺一层薄霜。秋天了，夜间的风有些寒凉，衣着单薄的秀娟渐渐地颤抖起来。

柳文彦说："你看，你有些冷了吧，我送你回去吧。"

秀娟点了点头。

他们就往回来。

在电车上，柳文彦的手一直拉着林秀娟，秀娟也觉得这是十分自然的事情。甚至，她还向柳文彦的身边靠了靠，电车的摇晃使他们感到异常的欣慰和平安。

柳文彦说："人有的时候能生活在梦幻里也很好。因为，做梦是不受限制的事，没有人干涉你、打扰你。你恶你美，都是你自己，不需要靠别人的品评得到衡定。"

他说："有些经历，一辈子有过一次也就足够。它是一个梦也好，最终要成为一种过去也好，只要这种经历可以渗透为你美好的回忆，哪怕落上一点淡淡的灰尘。"

他说："随着时间的流逝，那灰尘都使人不忍拂拭。"

林秀娟的眼圈红了，她哽咽一下，说："可梦又怎么能长久呢？"她的声音低得几乎只有她自己才可以听见。

柳文彦问："什么，你说什么？"

林秀娟怨恨似的叹了一口气。

他们到站了。

林秀娟说："这就是了，你看，灯是熄着的，四楼右边数，第三个，只有那一块漆黑。"

柳文彦说："看到了。"

林秀娟说："到家里坐一会儿吧。"

柳文彦说："我看，算了，没有多少时间了。"

林秀娟说："那，就算了。"

……

她向楼群的阴影里走去，走了一段路之后，突然又回转身来，她看见柳文彦还站在那里。她犹豫了一下，快速地又返回来，她走到他面前，踮起脚尖，在他的薄薄的嘴唇上轻轻地亲了一下。然后，更快速地退回到黑暗中去了。

她听见柳文彦说："其实，你看，你看，这多荒唐，多荒唐。"

林秀娟也感到荒唐，柳文彦刚才还说："你上去吧，你开了灯我再走。"

现在，林秀娟就坐在一片黑暗中，她看见柳文彦，在她的窗下，迟疑了一会儿，还是坐着电车咣咣当当地走了。

她用手，擦拭了一下鞋上的月光。

城　　事

长春是一个奇怪的城市，表面看，平静甚至冷漠，实际上热情而仁义。它建城的时间不长，又有伪满洲国那一段特殊的历史，所以，在它的每一个角落里都埋伏着样式不同的故事，时不时地跳出来抖搂出人意料的谜底。

纪明国就是一个故事，就是一个谜底。

只可惜，很少有人知道。

20世纪70年代末80年代初，长春的少年几乎都在练武术，原因有两个——一是北人尚武，大人对孩子舞枪弄棒不反感；二是电视剧《霍元甲》的热播。霍家的后代霍青云做过伪满洲国皇帝溥仪的武术总教练，帮他训练所谓的"国兵"，他为人刚烈，门徒甚广，因而八极拳在长春很快得到普及。

八极拳属于短拳，讲究的是靠身近打，不求花哨，只问实用——它虽然不是"迷踪拳"，但在本质意义上与其相差不远。

可追慕的现实总会令少年痴迷吧？

在长春这样一个以移民人口为多的城市里，会武术的民间高手绝不会在少数，门派也多，比如八卦、太极、咏春；比如戳脚、形意、螳螂；比如大成、五虎、蔡家……

再比如，杜其实的少林罗汉门。

杜其实善用刀，熟悉他的人都叫他"杜大刀"。

他有三个半徒弟，一个是纪明国，一个是李云阳，一个是肖松；还有半个，叫黎娜。

当年，长春有一个废弃的园子——老虎公园——日本人留下的，年久失修，荒芜遍地，人烟稀少，小兽横行。一般人不敢进来，唯有一些"江湖人"胆大，聚在这里习武，正应了那句"江湖中人江湖见"的话，"不在江湖也江湖"了。其实，"胆大"是外人说的，自己想撑的是一个并不存在的"门面"。

在老虎公园西门的黑松林里，有两拨练武的人——一是少林罗汉门；另一个，就是八极门。

师父和师父之间当然都是客气的，彼此相熟，没有怨结，各授其徒，乐此不疲。闲余之时，也可做小切磋，拿捏当中，交换心得。可少年习武，往往急躁，力追功成，以示身手，无论师父如何教导，他们是从骨子里把门派之争夯成了事实。

于是便有了祸事。

这是后话，按下不表。

还是先说纪明国吧。

他是杜其实的大徒弟，十五岁身坯子定型，车轴汉子，横竖上下一边高，所有的人都把他当成一个木箱子。他祖籍河南，幼年随父母移民长春，定居在黄瓜沟的南分水线上，住的是半阴半阳的地窖子。

父亲工作在市政工程处，他毕业后在运输队干临时工，干的是杂活。

李云阳、肖松、黎娜的情况与他相差无多。他们是小学同学、邻居，李云阳和他上了同一所初中，而肖松和黎娜在另外一所初中学习；初中毕业后，李云阳去了稍远的一所中学读书，肖松、黎娜就读于离家较近的一所高中，同班同桌，于是，顺理成章地成就了一场顺其自然的早恋。

肖松和黎娜早恋了。虽然没有考上大学，但，后来他们结婚了，并生了一个孩子。

这和纪明国有什么关系吗？

运输队就在老虎公园的北面，占据了很大一块地方，它的门是斜开的，正冲着西北方。运输队的车出来，要么向西行，上斯大林大街，寻找它必去的方向；要么上岳阳街，奔自由大路，当然也可以去解放大路，或者沿着平泉路东行，经过臭气熏天的印染厂，转入某条小街，在颠簸的路面上"多快好省"。

20世纪80年代的长春，苍白得很。

就是在这看似苍白的维度里，纪明国遇到了杜其实。

纪明国的家和运输队只有一条岳阳街相隔，但他从工作之初单位允许他在队里住宿之后就从未再回家住过——太拥挤了，一间十平方米的地窖子里，住着姐姐、弟弟、妹妹、父母，简直透不过气来。十五岁离家，他感觉自己像一颗陀螺一样得以突然的畅快的解脱，终于可以按主观承诺一切，并获得自由自在的呼吸。

杜其实是队里的锅炉工，在那个年代，锅炉工无论如何优秀，如何尽职尽责，夏天是都要回家的。但杜其实不必。他有一套猎猫的功夫，这在队里备受推崇。用细铁丝做套，放在地沟里，佐以饵料，总有收获，这种收获是全队的喜悦，在那个少肉的年代，吃肉是人的本能追求。

因为这个"技能"，杜其实一年四季都住在队里。

纪明国年纪小，没有人愿意和他住在一个宿舍里，即便床铺空着，那些师傅们也会不耐烦地催他回家，因为他家近，队里没有给他安排固定的房间——他可以睡任何的空床，所以，实际上他的住宿问题一直处于"悬而未决"的流浪状态。

直到有一天，杜其实喊他，他才真正有了安身之所。

杜其实在自己的锅炉房给他打了一个地铺——木板隔地，上边是草垫子，再上边是门帘子，加一条旧床单。

杜其实说："回家取自己的被吧，还有枕头。"

便这样，他们有了开始。

便这样，在朦胧中，纪明国知道杜其实是一个武术家。

那天夜里，纪明国被尿憋醒了，他从那个地铺上爬起来，迷迷糊糊地往外走，一脚绊在大块煤上，险些跌了一个跟头。这一跌，彻底清醒过来，听见锅炉里的煤在"嗞嗞"地暖响；细分辨，除了煤的响，还有一种声音，既来自锅炉房内，又来自锅炉房外，不压抑但沉闷，不开放但热烈，像煤块，更似煤核，一下一下低吸纳着冷气，又绝对不容置疑地保持着自己的热度。

纪明国的尿一下子没了。

是十月，外边大霜降。

纪明国回头看一眼杜其实的床铺，一堆被子蜷在枕头边；他又看了看煤堆，铁锹坚硬地插在那里，这是杜其实填火的姿势——填一次四锹，然后铁锹停在下一次行走的开端。他从来没有过这样的冲动，想独自面对一些问题，这是一些什么样的问题呢？他自始至终都无从明了。

他轻轻地掀开门帘，将半个脑袋探了出去。这时，他看到的场景完全是他意想不到的了。外边一片银白。月亮是白的。大地是白的。树木是白的。汽车是白的。地上的一根细小的草棍是白的，就来老虎公园的墙头也是白的。

但是，有一个影子是绿的，他手中的刀也是绿的——其实应该是黄的、蓝的，但是，因为周边的一切都是白的，所以，他们或者它们的本质都被染绿了。这无妨，黄的绿，绿的蓝，蓝的绿，绿的黄，融合为一道宽大的细窄的练子，砍、挑、劈、刺、挂、撩、扫、压、崩，缠头裹脑地把所有的固定的物体都震乱了。

包括纪明国的心。

他"扑通"一声跪在地上，泪流满面地叫了一声："师父，我想和你学武艺。"

杜其实收了刀，大气不喘地应了一句："起来。填煤去。"

纪明国的尿一下子就出来了。

那以后，纪明国就成了杜其实的大徒弟。

杜其实一生不婚，原因只有一个，养不起。他只养父母，用自己做临时工的工资。他的父亲爱吃肉，但他从不猎猫给父亲吃。每月开支，他便去"红房"——副食店——买一小条五花肉，在运输队给父亲炖好，然后借一辆自行车，飞快地送回家去。

纪明国曾经问过他为什么在队里炖。

他的回答很简单，"省火。"

纪明国想了想，笑了。

从那时起，他每天早晚随杜其实练功，扎马，压腿，踢腿，下腰，旋风脚，旋子，双飞燕，小架，趟子，一样样的都有，就是没有他最想学的套路和刀法。

他不急。

他为什么不着急呢？

好像从一开始他就知道，这一切都急不得。

后来，李云阳加入了，再后来肖松加入了，肖松一进来，自然不能落下黎娜，所以，黎娜也进来了。但是杜其实不收黎娜为徒，他说女孩儿打不了罗汉拳。他的说法对与不对权且不讲，黎娜可以和大家一起练功，却在杜其实这里注定拿不到武术真传。

除了纪明国，李云阳、肖松和黎娜只能每天晚上来练功——平时他们课多，在高考的独木桥上，无论真假，每一个学生都不能也不敢松懈自己的心劲儿，不管未来的结果如何，他们都得要求自己哪怕是"下意识"地付出努力。

可是，因为爱好、友情、梦想与憧憬，他们又恋恋不舍地在"鲤鱼打挺"和空翻中获得身心的沉醉、自豪与轻松。

说一说黑松林吧。

运输队在黄瓜沟的北岸，而黑松林在其南岸，是老虎公园存留下来的最大的一片松林。黑松是松树中比较独特的品种，因植株高大、挺拔、粗壮而著称。前面说过，当年的老虎公园是废园，一般人是很少涉足其中的，杂树丛生，荒草高密，即或艳日高照，也时有"耸闻"发生，所以，在晚间进入园子的，只有为数不多的习武之人。

杜其实的场子在黑松林的中部；八极拳的场子在黑松林的东部。实际上他们交会的机会也不是很多，因为八极拳天未黑便收功，而杜其实几乎是天黑了才入西门。原因很简单，要下班，要吃饭，要写作业，待一切完成，基本就八点了。

扎马，下腰，压腿，踢腿……

经年不变。

有的时候，杜其实会走一趟刀，那么，黑松林一定就变白了。

杜其实是不允许他的徒弟吃猫肉的，尽管传闻中猫肉如何细腻、鲜美，尽管李云阳和肖松也有所冲动，但是，杜其实的一句话便给他们上了"紧箍咒"。那句话是："你们谁敢再打猫的主意，就趁早给我滚回家里去。"

那是一个星期天，学校里没有功课，李云阳和肖松坐在老虎公园的大墙上，畅想着未来的生活。李云阳是要上大学的——他父亲来长春不久就因工伤去世了，他和母亲一直享受着市政工程处的抚恤金，他的理想既充实又简单，考大学，分配工作，然后带着母亲和自己一起生活；肖松要悲哀一点儿，他和黎娜的学习成绩均一般，很难通过"预考"，不能通过"预考"，那么他们的结果只有一个，提前离开校园，把身份改换成"待业青年"，好的话"考工"，不好的话"接班"，再不好的话就当"个体户"，开个小馆子，自食其力，养活自己。因为有了这样明晰的概念，肖松反而有了另外一种更为有力的轻松，他要和黎娜成为两口子，一辈子生活在一起。

可是，悲剧的效果总是令设置悲剧的人自觉可笑。

肖松一辈子也不会知道纪明国是如何地爱黎娜。

包括黎娜自己。

黎娜于1979年6月15日那天在学校的操场上跌倒了，她跳皮筋"老高"一级的时候奔跑不当，即将侧翻的时候将脚踝扭伤了。她的脚向内转动了至少二十五度，脚面几分钟之内就肿胀成了冻囊的红萝卜。所有的同学都束手无策，而所有的老师都回家吃饭去了。

李云阳问肖松，怎么办呀？

所有的女生都在哭，她们觉得自己就是皮筋，正因为她们的存在，所以才使黎娜受到了游戏的伤害。

就在这时，纪明国冲过来了，他二话没说，背起黎娜就跑，先是往家跑，跑了一半，又折转身往回跑，跑向自由大路，跑向师大医院，最后把黎娜放到了外科病室的诊床上。

在他的身后，是二百个小学生组成的长长的队伍。

1979年6月15日。

谁能记得这个日子？

谁又能知道这一天发生了什么？

迄今为止，恐怕只有"并不存在"的纪明国自己清清楚楚地记得。

为什么这么说呢？我们接着来讲这个毫不脱俗的故事。

李云阳和肖松坐在老虎公园的大墙上。

李云阳问肖松："你家几天没吃肉了？"

肖松说："不知道。"停了一下，反问，"你家呢？"

李云阳说："除了过年，我家不吃肉。"

肖松半晌没说话，他抬头看了看天，又看了看地，突然说："你去喊黎娜，告诉她，晚上我让师父给咱们炖肉吃。"

"真的？"李云阳睁大了眼睛。

"真的，快去吧。"说完，肖松一挺身就跳进了公园里。

仅仅二十分钟后，当李云阳和黎娜神秘兮兮地站在纪明国的面前欲言又止故弄玄虚的时候，肖松回来了。他的手里拎着两只肥大的野猫，一前一后地丢在了李云阳的脚下。

"师父呢？"他问。

"回家去了。"纪明国回答。

"啥时候回来？"

"还得一会儿吧。"

肖松不再说话，拎着猫来到院外，往木柱的铁钩子上一挂，开膛，剥皮，然后，水洗，改块，一丁一丁地丢进师父炖猫的小铝盆里。葱花，姜，花椒，大料，酱油，盐，一样不少，他麻利地把两只猫给炖了。

香味很快就飘了出来。

猫肉的香味一飘出来，运输队的师傅们便得了信号一般，纷纷从自己的房间跑出来，他们拿着酒，端着碗，把刚刚买来的豆腐、鱼干、罐头、咸菜统统地拿出来，一股脑地丢在乌黑乌黑的货板上。

今天是开支的日子，他们原本就闷着劲儿准备大喝一通呢。

纪明国也开支了，不少，四十七块三毛六。

在几个师兄弟当中，他是令人垂涎的富翁。

猫肉快熟的时候，杜其实回来了，他一进院子，就呆立在那里，待见到三个半徒弟和铝盆的热气时，他突然把自行车往墙边一推，一个箭步就跳了过来。

"谁？"他喝问。

"我。"肖松说。

他猛地举起手，又猛地放下，他猛地转过身，又猛地扭过脸，两条横眉直立，一张阔嘴紧绷，从牙缝里挤出一个字，"走！"

他在前边走，三个半徒弟在后边跟，这个奇怪的阵势并未引起师傅们的重视，他们中间的一个人用筷子试了一下猫肉，然后夹了一块"稀稀溜溜"地丢进嘴里,含糊不清地说:"熟了,熟了。"

众人哈哈大笑,十几双筷子一同向口水的集合处探去。

肖松的手艺从此广为流传。

他无意中成了一位炖肉的大师傅。

杜其实带着徒弟们走出运输队,站在老虎公园的大墙边,他沉默良久,终于没有说话,他没有说话吗?但是纪明国、李云阳、肖松、莉娜分明听到了他腹腔里发出的丹田之声——你们谁再打猫的主意,就给我滚回家里去。

今天晚上不练功了。

杜其实回去了,几个徒弟不知所措,茫茫相望半晌,决定各回各家。可是,各回各家干什么呢?孤独地坐着吗?还是忧伤这个"不知所措"的结局?

这时,纪明国的母亲突然出现在马路对面,她高声地问纪明国,"你开支了吗?"

纪明国点点头,说:"开了。"

他快速地走过马路去,把手心里汗湿的钱亮在母亲的眼睛里。母亲笑了,伸手去拿,纪明国突然又收了回来,他从中揭开一张,放进口袋里,然后把余下的钱重又往母亲的手里一塞。

"纪明国,你疯了吗?"母亲大叫。

纪明国说:"妈,这个月我不回家吃饭。"说完,他像师父刚才一个箭步跳到盆边一样,一个箭步,跳过马路,跳到李云阳、肖松和黎娜的面前。

"纪明国，你疯了吗？"母亲大叫。

纪明国说："妈我没疯，我要请他们吃饭。"

于是，他们去了饭店。

于是，前边说的祸事发生了。

那天，他们去了自由大路和斯大林大街交会的一家小饭馆，要了一盘肉末豆腐，一盘姜丝肉，一盘肉炒尖椒，一盘锅包肉，一瓶白酒，一瓶"小如意"，痛痛快快地吃喝了一顿。

那是他们第一次在一起喝酒，也是最后一次在一起喝酒。

吃饭之前，他们就向老板借了一个饭碗，把每一样菜都拨出一点儿留给杜其实，他们心里明白，师父是爱他们的，所以，他们也爱师父。

吃饭间，李云阳讲述了事情的原委，并哭着说："肖松其实完全是为了我。"

平时就话少的纪明国推了他一下，说："那你还哭啥呀，快去，把这碗菜给妈先送去，快！"

李云阳犹豫了一下，哭着端起饭碗跑了。

看着他的背影，肖松和黎娜也都含着眼泪笑了。

接下来，纪明国讲了一个关于杜其实的故事。

他说："你们知道吗？师父每次炖的并不是猫肉，而是兔猫。"

兔猫就是野兔。

那天夜里，纪明国又被尿憋醒了，他习惯性地翻身起来，头也不回地往锅炉房门口去。这是春末夏初，空气里洋溢着植物的芳香。植物的芳香是有潮湿气的，所以，黄瓜沟南岔的堤坝成了他最喜欢排泄的地方。地环儿、红蓼、接骨草、打碗花勾连成片，有各自分各领域，它们同生同死，季季不曾分离。

月亮是红的，聚精会神地俯瞰众生。

风吹来，纪明国的身上凝成了大大小小的露珠。

他又一次听到了异常的声音，似人非人，似兽非兽，人兽交混，又泾渭分明。他循声望去，尿意又一次意外消失——在红月亮的照耀下，他看见杜其实和一只巨大的山猫纠缠在一起，山猫妩媚满脸，杜其实畅意双眸，他们或者它们在湿润的土地上欢愉着，耳边尽是黄瓜沟涓涓的细流之声。

在离他们或它们不远的地方，是两只死去的兔猫。

欢愉过后，山猫一跃而起，跳到兔猫的旁边，一口咬掉它们的脖颈、四爪、尾巴，杂花一般越过黄瓜沟，闪电似的穿过黑松林，流水一样潜入密实的灌木丛中。

紧接着，大力碎裂头骨的声音破空而来。

纪明国"哗"的一声尿了。

尿水先冲入裤衩的裆部，然后滑向腿根，又然后热辣辣地贴着大腿的内侧直下裤管，连带着那些不知所措的鸡皮疙瘩没头没脑地汇入黄瓜沟南岔的暗流里。

"下来吧。"杜其实叫他。

他虚飘飘地就下去了，轻轻坐在杜其实的身边。

"冷吗？"杜其实问他。

他双手抱肩，点了点头。

杜其实苦笑了一下，从地上扯起衣服，凭空一抖，便披在了他的身上。不知为什么，就在衣服潮湿地包裹他的那一刻，他忍不住哭了。杜和其实张开手臂，环抱着他，任凭他的泪水打湿自己的臂膀和胸膛。

"为什么？"他问。

"我从来没有杀过猫，"杜其实说，"这些兔猫都是它送给我的，它每次都是这样，只带走兔头、兔爪和兔尾，"停顿了一下，又说，"这样一来，兔猫就变成了猫。"

"那，"纪明国问，"它是师娘吗？"

一颗灯泡一样的眼泪砸在纪明国的肩上，迫使他的锁骨快速收紧。

杜其实说："不是。"

纪明国绝望地哼了一声。

纪明国讲完杜其实的故事，大家都沉默了，半晌，肖松说："我也说一说我的事吧。"

肖松说："你们知道吗？我那天为什么能空手带回去两只猫？"他扭头看了一下窗外，"哼！从小就这样，只要没有外人的在身边，那些猫就会悄没生息地聚到我的身边，不吵不闹，只用哀伤的眼神看着我。"

肖松说："那一天，我跳进老虎公园大墙里的时候，那两只猫就死死地趴在了我的脚下，它们来得那么突然，那么迅捷，如同离膛的炮弹，准确落地，拒绝爆炸。我未假思索，拎起它们便走，这才引起了师父令人难以想象的震怒。"

真正的震怒都是没有语言的吧？

黎娜看着肖松，无助地摇了摇头。

纪明国沉默了半天，突然举起酒杯，郑重其事地说："我是大师兄，你们的事我担着。"

这是一句斩钉截铁的承诺。

纪明国端着酒杯，回想杜其实行刀走拳的每一个时刻——行云流水，明月清风，平稳、大气，偶鸣金鼓，开合自如。尤其是杜其实走刀的时候，黑松林啊，或仰或伏，全在杜其实的意念行走，毫无条件，不由分说，缜密细致，没有破绽，恰似刀阵应敌，杀气四腾。

这就是杜其实——像一股强大的暗流。

黎娜恍惚着问："我有什么秘密吗？"

三只手同时伸向了她的头顶，随之传来同一个声音："小丫头片子，你有什么秘密？"

这三只手——一只是纪明国的，厚重而真诚；一只是肖松的，真诚而爱意；另一只是和他们在黑松林一起练功的八极拳的大师兄的，爱意迎着醉意摇摆不停。三只手几乎同时交会在黎娜齐耳短发的上空。最下边的是纪明国，接下来是八极拳大师兄，再接下来是肖松。

在此之前，八极拳的大师兄曾截过黎娜。在此之前，他也曾向纪明国挑过战。今天的见面不知是天意还是偶然？

六目相对，际会风云。

"不服啊，那就过两手。"八极拳大师兄竖了竖眉。

力从脚下升起，攀腰拔臂，转肘缠腕——纪明国和肖松不约而同地一较劲儿，八极拳大师兄便陀螺一般旋转着身体跌倒在地上。

紧接着，是纪明国。

他飞身跨过去，对着八极拳大师兄的眉心就是一拳。这一拳就是祸事，对方为此在床上一躺就是十三年。而这十三年，外界发生了怎样的变化，他不知道，杜其实不知道，纪明国好像也无法知道。

如同1979年6月15日那一天一样，纪明国背起八极拳大师兄直奔师大医院，他把他放在外科诊室的诊床上，然后转身离去，从此过上了销声匿迹的日子。

为此付出代价的人还有——杜其实作为教唆犯获刑二十年；肖松和黎娜双双进了工读学校。

李云阳属于表现较好的"改邪归正"的少年典型受到"表彰"，得以正式高考，并以高分考入南方一所重点大学的建筑系，学有所成，最终定居浙江省杭州市。多年后，他把母亲带离了黄瓜沟南岔的旧家。

肖松和黎娜从工读学校出来后，开了一家小小的饭店，以卖烧烤起家，不几年，便拓展成一家中型酒楼，又后来，他们看准先机，经营了全市第一家素食馆子，身份几经更迭，原始积累却很快完成了。卖烧烤的时候，人们便盛传他们卖的是猫肉，并联想旧事，称肖松是"猫王"。肖松和黎娜对此未置可否，一旦有人问及，皆一笑了之。其实，从他们开店之始，一切的原材料均以豆腐和面粉为主，至于佐料，除了他们两口子，恐怕无人知晓。

肖松和黎娜吃起了"十日斋"——每月逢农历初一、初八、十四、十五、十八、二十三、二十四、月末三天，双双吃斋念佛，禁肉禁酒。另外，每月初一，或肖松或黎娜一定会前往监狱探望杜其实，奉上吃用，从未间断。

护国般若寺的钟声响了。

大地一片安平。

长春就是这样一个美好的城市，表面看，平静甚至冷漠，实际上热情而仁义。现在，有许多人在研究长春人性格的历史成因，只是尚无明晰的有价值有建树性的学术成果。但是，长春人的温润、奔放、严谨、任意、随性、刻板、悠游、专注，越来越为天下所知，并广受彰扬，已成不可否认的事实。

这是一个有故事的城市——你随意踢开一砖一瓦，都会有一个你完全陌生的人物跳出来，谦恭而放肆地对你说："你好。"

纪明国就是这样一个人物。

只可惜，很少有人知道。

后来，人们都怀疑，纪明国去了哪里？其实，他一直生活在长春这个城市里，并常在月满之夜在岳阳街往复穿行，忽而家门口，忽而工读学校的窗台，忽而李云阳母亲的病榻前，忽而监狱的高墙内外，他行如疾风，静若浅草，以自己独特的方式完成着简单而又繁复的人生。

那一年，他负罪潜逃之后，直接进入老虎公园的西门，一头栽入黄瓜沟南坡的地环儿丛里,在花香与污臭之间放声痛哭。

月亮出来了,嫣红而圆润。

山猫来了,轻轻地卧在他的身边,没有呼唤他,也没有抚慰他。但是,在山猫的身后,是成百上千的流浪猫,它们用绿色的灯光温暖他,用长长的绒毛覆盖他,那一夜,他安睡了,天亮之后,他变成了它们之中的一员。

杜其实被带走了,他蹲在锅炉房的门框上目送着他,他现在已经不会说话,但是他的泪水告诉他。他要为杜其实坚守一件事。

它去副食店取肉,然后回到运输队的院子里,劈柴、生火、添汤、煮肉,放入葱花、姜片、花椒、大料、酱油、盐,对了,现在有味素了,一定要加入少许提鲜,让老爷子的胃口好起来。

他把饭盒放入某一辆自行车的前筐里,然后趁着天光未亮之前赶往杜其实的父亲家,把炖肉放在他的门口——轻轻挠门,悄然后退,在楼梯的转角处看着老爷子幸福而疑惑地把饭盒端进屋里。

它知道,老人吃完了,会自己把饭盒洗干净,到那时,它便会在老人打瞌睡的时候悄然取走它,这已经是一个游戏,彼此之间乐而不疲。

饭盒取回来了,它会做第二件事,去副食店取肉,然后回到运输队的院子里,劈柴、生火,添汤、煮肉;放入葱花、姜片、花椒、大料、酱油、碘盐;对了现在已经有十三香了,一定要加入少许提鲜,让师父的胃口好起来。

它把饭盒放入某一辆摩托车的后备厢里,然后趁着天光未亮之前赶往监狱，把炖肉放在杜其实牢间的窗台上，然后轻声"喵"叫，悄然后退，只把一只爪子搭在窗台的一角，窃听着师父把饭盒里的炖肉吃光。吃光了，复又放在窗台上，任由它把它带回原来的地方。

带回原来的地方，便做第三件事。

去副食店取肉，然后回到运输队的院子里，劈柴、生火、添汤、煮肉；放入葱花、姜片、花椒、大料、酱油、碘盐；对了，现在已经有炖肉香了，一定要加入一袋，让娘的胃好起来。

它把饭盒一分两半，先衔着一半来到自家门口，然后，再衔着另一半送到李云阳家的门口；然后，轻轻掩门，悄然后退，在老虎公园的大墙上蹲坐，看着两个老娘幸福而疑惑地把半个饭盒端进屋里。

他知道，娘吃完了，会自己把半个饭盒洗干净，到那时，他便会在两个老人相携散步的时候取走它。这已经是一个游戏，彼此之间乐而不疲。

直到师父的父亲去世。

直到自己的母亲归西。

直到李云阳把母亲接往杭州。

直到杜其实出狱。

杜其实甫一出狱，便被肖松和黎娜接到了素食斋里，他只管看食材，其他的什么也不用干。

到现在可以揭秘了，杜其实的父亲是溥仪的"御厨"，烧得一手绝妙菜肴，杜其实得益于家传，把烧菜和打拳弄刀化为一谈，他烧菜的时候有刀法，他行刀的时候有菜香，所以，杜大刀的名字绝不是白来的，他不教黎娜拳法刀术，却在基本功的点点滴滴中把烧菜的绝妙之处传给了她。

纪明国出事那一天，李云阳并没有直接回家，他先去了运输队，把一碗菜放在杜其实的面前。

杜其实看了一眼菜，说："回家，快回家，不要再出来。"

"为什么？"

"听话便是。"

这是李云阳得以顺利高考的直接缘由。

李云阳工作之后，每个月都会汇一笔钱到"猫粮汇"——长春一所专门关照流浪猫的民间机构——由那里的工作人员把猫粮投放到老虎公园（现在已整修为长春动植物公园）、南湖公园、朝阳公园、儿童公园、劳动公园、牡丹园、杏花村、胜利公园等地，用于饲养流浪猫；并特别委托，在动植物公园西门的黑松林里多投放一份，专奠被肖松"踏"死的那两只肥猫的亡灵所用。

再有什么？

肖松和黎娜生了一个孩子，长相酷猫，所以取名"小猫"。

昵称：猫儿子。

猫儿子见猫就笑，所以，又叫"笑猫"。

李云阳、肖松、黎娜有钱之始，便不约而同负担起八极拳大师兄的一切费用，直至他从床上重新站起来，重新打拳，开馆授徒，精武强身，广济顽劣。

还有什么？

纪明国吧?

从他失踪那天起,直至今天,几十年来,它一直做着它要做的事情,除了逃案,它无可挑剔。它每天会去医院,对躺在床上的人致歉;它每天会引领新的流浪猫至李云阳投食地;它每天会打罗汉拳,直至拳法的一经一络融入骨髓与血液;它每天会陪在师娘的旁边,嚼食饲喂,直至1992年师娘去世。

它忘不了最寒冷最忧伤的夜晚,都是师娘把它抱在自己的怀里,蜷起粗大而温柔的尾巴护住它的脊梁——火烧胸前暖,风吹背后寒啊——师娘的尾尖轻轻地拍打它的上臂,那舒缓一致的节奏仿佛在告诉它,睡吧,睡着了,一切就都忘了。

2010年的冬天,杜其实离世,离世之前,他最后一次行刀——下雪了,天下一片银白——砍,挑,劈,刺,挂,撩,扫,压,崩,缠头裹脑地把一行小小的爪印全都宽大地、细窄地蹚掉了。

般若寺的晨钟响了。

般若寺的暮鼓收了。

长春的往事被大雪一一封存了,包括运输队的解散,包括黄瓜沟南岔的填平,包括岳阳街的重筑,包括"老虎公园"的动物已被散养。

地铁正在投建。

这个城市走得越来越快了。